そは
ははそはの

薦田愛 詩集

七月堂

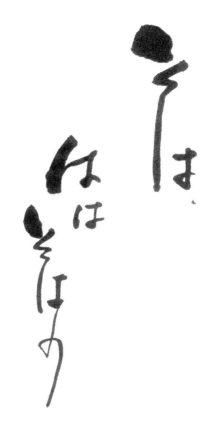

カバー挿画・題字　福田のり子

目次

《壱》

《弐》

《参》

そは、ははそはの

《壱》

ふたみ、夕暮れの

ＪＲ参宮線、鳥羽の手前で降りる
回収する人のない切符をポケットにしまい直す
ちいさな駅舎から家並みをぬって
マイクロバスは
二見の傾く日のなか
海辺の道へ

女ふたりで夫婦岩なんてね、と
鼻をかむ
だって
縁結びを祈る女子旅ではなくて
恋のアルバム作成中のふたりでもなくて
父つまり夫を送って三十年の母との旅だ
結婚中退から十年

めおとって響きに
ちょっとひるんだのは私
行ったことがないから行ってもいい
と母のひと声
そうだね、
行ってみればいいよね

日の沈む前にご覧になれますよ
促されて宿を出る
夫婦岩まで四分
いちばん近い宿、だって
お伊勢さんに行くのなら
どこに泊まろう
伊勢市内、それとも二見？
なんて言っていたけれど
二見も伊勢市内なんだね
この波打ついちめんは伊勢湾、なんだ

鳥居をくぐるひとたちに続く
ざっざっと靴うらをうがつおと
大岩の角を曲がると拝殿、そして
注連を張ったひと組の岩、
囲むように小さないくつか
ざっざっと靴おと重ねて波ぎわへ進むひとまたひと
その先のほう
カメラを構えた細身の母だ
いつのまに

仄白くにごった光が絵筆のいっぽんとして
雲を走らせる
夕闇を押しとどめて伊勢湾の空は
つがいの岩をみおろしている

波に洗われ続ける岩の冷たさ
注連を張るだけの隔たり

おもいもしなかった感覚がたちのぼる
深夜、
あの岩、あの海、あの空の写真をみている
(仄白くにごった光の)

そう
旅の翌日
これをみて
母の手に一枚のモノクロ写真
え
父だ、父が写っている
その後ろ
あ
めおといわ
夫婦岩だ
おれも行ったんだぞと言ってるみたい、と母
旅行前にしていた整理の
続きをとアルバムを開いたら

いったいいつの社員旅行だったのか
まっすぐな目を向け
モノクロの父は

河津、川べりの

肉厚の緑のちぢれが
おいしそう菜の花がひらきすぎている
伊豆急河津駅改札前さいしょの信号渡ると
ホーム下の花壇はにぎやか
午前十一時二十分二月二十四日の
海に近い川沿いの町はさむい
染井吉野や大島桜が
眠りからさめる前に
いちりん
ほころびるや誘われるようにひらきはじめ
ひと月の余りも咲くのだときいた
河津桜その生まれたところ
南へ
海へ向けて

ついとさしのべられた半島の町へ
花の
とりわけ桜の好きな母を誘って

いつの年も
四月になると母は忙しい
上野不忍池隅田公園増上寺谷中墓地
目黒川は人が多すぎて撮りにくいのよ
両大師は御車返《みくるま》しもあるからやっぱり穴場だね
寛永寺のお坊さんが書いてる
上野の桜のガイドブックをすみずみまで眺め
歩いてたずねて
腕のしびれるほど長く
仰いで撮って

大島桜や染井吉野、駿河台匂《におい》が
カレンダーを飾ったあと
八重が呼ばれ

なまめかしいくちびる
蜜をこぼす
新宿御苑ときどき隼町国立劇場前
関山、御衣黄《ぎょいこう》、それに普賢象《ふげん》
うちかさなる紅、白、黄緑いろのフリルの
かれんをたしかめ
かかとを浮かして
ああ、とためいきこぼしながらきっと
撮り続けたむすうのなかから厳選三枚添付したメールが届く
忙しいけど
あとどんなにがんばっても二十回くらいしか見られないものね
添えられたことば
ふるえている花びらのあいだを
ずしんと落ちた

だったら
だったら

名前だけきいたことのあるあの桜を見に行ってみようか
立春からいくにちすると満面の笑みになるのか
そのしらない花しらない桜を見に行こうと
誘ってみようか

肉厚の葉の菜の花の傍ら水仙が
すっくり伸びていた
つんとつめたい空気をまとって
にんげんは
母も私も
伊豆急を観光バスのステップを下りるひとも
いくえにも重ね着して
肩をすくめている

菜の花にデジカメ向けている場合ではなかった
堤に上がると
川幅いっぱいのさんらん光の粉を透かして
ふくらむ紅

房の重みに
揺れる梢をこちらへさし向けて
桜が
河津桜が彼方へ
重ね着してふくらむひととひとの重なり合う先へ先へと
うち重なり並んでいるのだった
ならんでいた
（たんねんに描き込まれたペン画のような
くろぐろとあたたかな交錯
さし向けられる梢と梢の）

原木ってあるけど
この先に
まだちょっと歩くみたい
どうする？
甘酒すする休憩所で風を逃れる
歩くっていっても大したことないでしょ
ずっと平らな道だし

ずっと桜を見上げて
歩いて行くのなら歩けるよ
行ってみよう

そうだね、時には
二万歩だって歩いてしまうあなただもの
桜の下を歩くのなら行ける
でも
水を向ければ断ることがほとんどないのは
いわないけれどやりたいことが
ぎゅっとつまっているのかな
きゃしゃな身体のなかに

あ、桜のペンダント
あの時の
してきてくれたんだ
そりゃそうだよ
こんな時しなくていつするの

喜寿の記念、銀のつや消し
桜の枝に花をつぼみをあしらったトップ
飾ることをしない母への
ささやかを形にしたアクセサリ
初めての桜を見に行くからと取り出す
その時指はおどったろうか

地図で少しの距離は
歩くとやや遠い
甘酒の熱はどこかへさらわれ
川面を縁取る木々はまだ頑ななつぼみ
上流だもの、温度が違うんだ
立ち止まりふりかえり
重なり合うひとひとひとのなか
デジカメを向ける母を探しながら
原木への曲がり角は次の橋のところ
並ぶ屋台を背に花房重そうな一本に向かえば
さざなみだつ川面

二月二十四日午後二時
はるの入口
きょうの花びらは日の光に
かろうじて
とけのこっている

新宮、そして伊勢の

どさっ、とではなかった
ぐぐり、といった
腰をおとした指定席、新宮駅を
紀勢本線名古屋行き特急はのこして
シンパイのこして
伊勢の手前、多気へと
速度をあげる
ぐぐり、といった
窓ぎわへ母を促し通路の側へ
おとした腰の全重量を
おろしたての晴雨兼用折り畳み傘が
受け止めていた
ぐぐり、といった

駅弁買う前に、おはぎをみつけた
秋彼岸
これでいいよね、お昼
じゃらじゃらっとパックを鳴らして母が
しまったのに
カフェがあった　駅前
窓がおおきい
入る？
いいね、と母。コーヒーのみたい
そうだよね、喉かわいた

雨もよいの丹鶴城址へ宿から五分
蚊柱に遭遇、退却して浮島みっせいする緑をくぐり
徐福公園はあきらめ、でもほら
この道の先が速玉大社、昨日のバスで行った
ナギの大樹があったよね
のぼっておりて歩きまわって宿へ
入念な母はすっかり荷造り

ぎりぎりに出るのはシンパイだから
そろそろ行こうと促すので
どさっ、と放り込み
ぐぐい、とファスナーひいて
じゃあ行こう、とキャリーを立てたら
だまっている
どうしたの
キーがない

一枚でいいです、と返してもよかったフロントで
渡された二枚をうけとってしまった
カードキー
いっしょにいるから余分なのに
一枚でドアをあけ、ホルダーに置いて灯りをつける
もう一枚は母が
その一枚が

ポケット全部みたの

だまっている手が休みなくうごいている
くちをひきむすんで
ちょっと怒っているようにみえるけど
気が急いてるんだ
知っているのに、できることはないか
焦れてきいてしまう
だまってて　考えてるんだから
気がちる
そうだねそうだった
きゅうっと狭くなる
通路　あなたへの
黒い表紙の宿泊約款ひらくくらいしかできないな
あ、いざとなればばって、このくらいで
いざはくやしいな　三千円でいいのか
だいじょうぶだよ、あなたが言うように
早め早めにしていたからまだ三十分、
いや、一時間ちかくある
過ぎたってどうってことない

できることがないと心はおちつくのか
あわてる気質《たち》はそっくりなのに

一枚でたりるのに
一枚しか使ってないのに
もとめない一枚のために
まっしろになって　くちひきむすんで
あわてなくっちゃいけないなんて
うーん納得できない
なんて言葉にできずに
うなっていたら母が
モノクロギンガムチェックのブラウスの
胸ポケットを
なに。え、なに？
うーん、こんなところに入れるなんて
ふだんしないことどうしてしたんだろう
つぶやく母の
肩がなで肩にもどる

まっしろになって　くちひきむすんで
あっとおもってなで肩にもどって
よかったあっとゆるんで
さあ行こう
お腹すくからなにか、と探しながら駅まで
水ひとくち飲まずに

厚切りトーストとコーヒー
駅前カフェの
私は紅茶
熊野新聞写真特集台風十二号災害記録に
みいりすぎて
いけないあと十五分
改札へふたりキャリーをひいて
指定券と、もう一枚
きのう途中下車してハンコもらった乗車券
もらわなかったかもしれない
もらわなかったって？

返してもらってないかもしれない
だったら返してもらわなきゃ

すみませんきのう昼過ぎ着の特急で
途中下車のハンコをもらうはずの
乗車券が一枚返されてないみたいで
あと十二分で出る名古屋ゆき特急の指定券もってて
二人のうち一人の乗車券はあるので
昨日の分の切符がまだあるなら
まじってないか探してほしいんです
わかりました探してみましょう
奥へゆくひと　検札にたつひと
つぎつぎに荷物もつひとたちが改札をとおって
ホームへ階段へと
あと十二分の針をおしてゆく
階段のぼって向こうのホーム
キャリーをさげて五分かな
ありましたっ

紙片をつまんで駆けてくるひとはいない
かわりに
調べてみたのですがありません
指定の席に乗っていただいて
ひきつづき調べて出てこなかった場合
あらためてお支払いねがいます
そんなぁっと
言いさしにしてとおる改札あと四分

いやだ、
かすかな悲鳴
え、声にならない
これ、と言ったろうか
困りきった指が
さぐりあてていた裏の黒い一枚
胸ではなく
ちいさなショルダーバッグのうすいポケット
ハンコもらってそのままますとっと入れたんだね

むりもない私だって
観光バスの乗り場へと気持ちがはやっていたから
いやだ、もう
そんな、よくあることだよあなたはきちんとしてて
自信があるからがっかりする
緊張したり疲れたりして
たまぁにうっかりしたのは
だめなひとの気持ちをわかるためかもよ
半ば母に半ば以上は
うっかりすぎる自分の肩もつように
くちひきむすんだまま
目をつむって母は

ぐぐり、といった
駆け込んで腰をおとした座席のうえ
晴雨兼用折り畳み傘の
曲がりを直そうとしたら折れたのを
いいですか、と預かっていった

二見の宿の仲居さん
お伊勢さんをめぐる一日は
これで使えますよとガムテープを巻いて
包帯みたいだけど、だいじょうぶ
まぶしい秋分の
玉砂利ふみしめて
外宮から内宮、駆け足で

ああ、でもやってしまったみたいだ私
なに、と母
デジカメ
お抹茶いただいたとき手首から外したたぶん
バッグの中じゃないの
いや、あそこだとおもう
言いながら眼のうらにお接待席の緋毛氈
駅舎の写真でも撮っててねと早口になる
宇治山田駅のベンチにひとり
さぐってもひろげても、ああやっぱり出てこない

近鉄特急名古屋行きまで二十五分
急く指でしらべ内宮らしきところへ電話
あの、忘れものしたみたいです
デジカメ、ニコンの
クールピクス、ですか銀いろの
そうです、それです。送ってくださいますか
お手数ですが
いいですよ。持ち主のところへかえるのが一番ですから
ありがとうございます

あったよ、と告げて
よかった、とひとこと
やっぱりね、親子だね、いや
あなたはなくしてなかったけど
私は忘れちゃったしね
新宮のせんべい伊勢のまんじゅう
折り畳めない傘をキャリーにおさめ
近鉄特急名古屋行きの

窓は暮れはじめたところ

茅野、いな高遠の

ダム湖のへりを歩いてお昼の会場へ向かいながら
傘が手放せない
お天気よかったら、もっと暖かかったらねぇ
でも満開だったし、おなかいっぱい
これ以上ないくらい桜ばっかり
そうね、それならよかった
高遠城址公園からさくらホテルへ
下り坂とカーブをきる道は湿っている
よかった、辿り着けてよかった
どうなることかと思ったもの
今朝は

ぬかった
スーパーあずさ1号に乗り遅れてしまった

四月十三日月曜午前七時新宿発の
中央本線茅野駅九時八分着の
母とふたりぶんの席をぽかんとあけたまま
目の前で発車した
低い低い空の朝

高遠の桜をみに行こう
寒いからとやめたこの二月の河津のかわり
そこにしかないという
タカトオコヒガンザクラを
みに行こう
母と話したのは三月初め
高遠城の名前は知っていたけれど
運転もしないから
長野の山あい高みはるかなところ
行くこともないと思っていたのに
タカトオ、と母が
上田さんからきいたのか、細川さんだったか

口にしたから
行ってみるとしたら、と調べた
ああ、行けないことはない
というか行ける
遠い
遠いよ
それでも日帰りのほうがらくだという
母の誕生日の翌日
週末の混雑を避け
休みをとって行けばいい
散ってしまうよりは咲きかけでも
茅野からはバス
目的の城址公園で三時間
ただし昼食時間を含む
そのあとに梅苑――梅苑？
桜のころに梅の花？
そんな日帰りツアーに申し込んだ春彼岸
カウンター越しに渡された旅程表の

赤で印をつけられた緊急連絡先が
まさか役だつことになるなんて
乗り遅れた場合はクーポンだから
まるまるダメになると思っていたら
違った

新宿駅でみおくってしまったスーパーあずさ
そうと気づいたのは上野でのこと
余裕をみて出かけたはずが
いつのまにか費やされ
ＪＲ上野駅山手線外回りのホームで
まっしろになる
ここじゃない
地下鉄銀座線で行かなくては間に合わない
いつもの出勤よりはるかに早い
平日朝六時半、東京のただなかで
今しがた行った一本の次はいつなのか
まっしろ

待つのがよいのか経路を変えるのが正解か
いまさら検索しなおしても、とくちびるをかむ
立ちつくす母
むなしくページを繰る私の干からびた脳
ケータイの画面
はらをくくる
ごめんなさい新宿から乗るあずさに間に合わなくなった
なんとかするから、とにかく向かいましょう
いやなんとかなるかどうかわからないけれど
わびるしかないではないか
私はわからないからついて行くしかないよ
そう言って母は

早くしなさい、なにやってるの
ぐずぐずしないで
せきたてられることも
要領のわるい気質はのこって
年を重ねた

ひとりだけ育てた母も
年を重ねた
連れだって歩いて、つい足早になると
置いて行かれそう
仕返しされてるみたい、と苦笑
仕返しだなんて
せきたてていたのは躾だったんじゃないの？
尋ねたことはない
だから言ったでしょ
もっと早く出かければよかったのに
矢継ぎ早に言われても不思議はないのに
だまっている
言われればくちおしいが
言われなければ心配になる
埋め合わせる言葉を
探したいのに
なんとかできるか考えることで手いっぱい
次の中央本線下り特急新宿発は三十分後

茅野に九時五十一分
ツアーのバスが九時半に出ると次は二時間後
タクシーしか足がない
お城でツアーに合流できるのか
そもそもツアー参加は目的じゃないのだから
合流に意味はあるのだろうか
思いが逸れる
ひとりならやめてしまうかもしれない
けれど今日は
母を誘ったのだから
いな
タカトオの桜、という
母の言葉に誘われたのだから

乗り遅れた場合、当日の後続列車、自由席に限り有効
という一行を旅程表に発見
でも中央本線だから新宿発とは限らない

千葉からぎゅうぎゅう詰めで着いたらどうしよう
じゆうな三両のうち二人ぶんの席
なければ指定席を買いなおす
二時間立ったままは母には酷
もしも満席だったら……
不安がふくらむのに待ち時間は充分
駆け寄って駅員さんに聞くとやはり千葉方面発
紛らすように
現地バス営業所すなわち緊急連絡先に電話すると営業時間外
八時まで緊急事態の解消は延期
やがてぎゅうぎゅうのあずさが入線、ドアから降車に次ぐ降車
そう、月曜の朝だった通勤電車なのだ
ひとのあふれ出たあとの車両へ
ああ座れる
指定ではないし遅れてはいるけれど
向かっているね
高遠へ
地図の上なぞる思いでたしかめたしかめ

バス営業所へもう一度
デッキってゆれるな

あずさに、そしてツアーバスに遅れたと言うと
運転手さんは大笑い
いやいや、だからあなたにお願いするわけで
茅野駅前からアルピコタクシー、午前十時前
鼻先を逃れる
いな
乗り遅れたツアーバスに電話
城址公園で桜をみたあと
さくらホテルの食事会場で合流してください
添乗員の女のひとの声
バスのなかに響いているね
はずかしい
食事のあとバスで梅苑へ向かうから
後半で合流ってことになるのかな
山ひとつ越えて

高遠は茅野より標高が低くて暖かいんです、と
運転手さん
高くて遠いところと思っていたけれど
伊那、いえ、否、山あいの
お城は平山城と
あとになって読んだ案内ちらしにあった
山ひとつ越えて近づく道みち
ほのかに赤らむ木々が群れていて
このあたりはまだ木が若いから
色も濃いの
お城のほうが白っぽいかもなあ、とつぶやく

お礼を言って下りる足もとは水たまり
ライナーつきコートに携帯レインコートを重ねた母に
駅で見つけた使い捨てカイロを渡す
濡れながら広げる傘の先ほら
タカトオコヒガンザクラ
小さなほの赤みの差す花は

細い小柄な母のデジカメにも易々とおさまる
傘に鞄にデジカメ
両手いっぱい身体いっぱい桜にあずけるように母は
いっぽんからいっぽんへ
カメラを向けて
むちゅう
ねえ、そろそろ行かないと
お城に着く前にメモリがいっぱいになるよ
促す私も深々と息をついて
ケータイで一枚
タカトオコヒガンザクラタカトオコヒガンザクラタカトオコヒガンザクラの
ならぶ城址のぬかるむ凹凸を靴裏に写し取りながら
山肌おおう花はな花の綿あめ
融けかけた綿あめの甘い赤みに似た花を追ううち
ふりかえりざま羽がいじめ
低い花枝に阻まれる
しなる枝の鞭
花の虜にならよろこんでなる

母にちがいない
いな、私は
ああ、お昼の時間に
遅れないようにしなくては

湯葉、固ゆでの

生魚と肉を使わないメニューを求める私の日常は
中落ちもしめ鯖も羊肉もトリッパも愛してやまない
イナゴの佃煮やサザエの壺焼きやシャコは苦手だけれど
だからといってあまり困ることはない
刺身やつくね、ハンバーグや焼鳥が苦手なのは母
二〇一五年六月一日現在齢七十九
体脂肪率十八パーセント体重三十八キロの
母は生ものと肉に加えて鰻も好まない
ただし穴子は好む
その差異を咎められても答えられないのが
好き嫌いというものであるから
そういうものだという手本を身近にもつことは悪くない

連れ立って入る店の候補から

鰻や焼鳥、焼肉の類いはまっ先に外れる
寿司は穴子やかんぴょうという選択肢により
候補に残らないでもないけれど
予算の点で概ね遠い存在にとどまる
（むしろいわゆる中食というかたちで
デパ地下で太巻や稲荷寿司を選ぶ母
穴子の押し寿司を母にと選ぶ私
目の前に運ばれてくるのではないそれは
寿司といっても生加減の少ない
別様の食べ物だ）

そんな母だからむろん親子丼は食べないし作らない
わが家ではもっぱら玉子丼だったのだけれど
その玉子丼がどんなものかといえば

母は生が苦手つまり半熟も苦手
私は生も大丈夫むしろ大好きで

半熟のうちに私の分を取り分けると母は
残る半分をさらに火にかけ
心おきなく固ゆでにした卵としんなりした玉ねぎとよく馴染んだ薄揚げを
ご飯に乗せて食べるのが流儀で
そこにつゆはかけないのが好みで
半熟の私のほうに鍋のつゆあらかたが注がれ

そんな母の中性脂肪やコレステロール値が
高いという下げなくてはという
薬には頼りたくないけれどと漢方のお医者を訪ね
卵はあまりよくないのだってとため息
魚を焼いたり煮たりするより楽だから
やっぱり卵に傾くよね
でもよくないのなら、それなら、と素人考え
作りもしないくせに私、思いつきだけはね
ほら昔から工作でも完成度はともかく
アイデアはいいねっていわれてたくらい

それなら、それなら
湯葉はどうかな
卵よりだいぶ値は張るけれど
ステーキも鰻も食べないのだし
量だってほんの少しで足りるもの
最近は近所に豆腐屋さんがなくても
京都の湯葉だって手に入りやすくなったしね
そうだねなんて相づちは打たないのもやっぱり
母の流儀

広小路の松坂屋が神戸で作ってる湯葉を置いてたよ
戦利品を見せる母の笑顔
ごめんねアイデアだけで
買ってきて作ってくれる母食べるだけの私
気がついたら亡くなった父のポジションにおさまりかえって
まかせっきりでごめんね

あたたかくふっくり香る豆の乳の

ゆわり広がる表を覆ってゆくさざなみの
いっしゅんをうつす薄様
重なり合う舌ざわりに遅れてやってくる
何ものにも紛れないしたたかな味わい

玉ねぎと薄揚げの仄甘さに湯葉は似合って
卵のように固ゆでにはならなくても食べられる
それでもやはり母の丼はつゆが少なく
私の丼ばかりがつゆだくになる

そんな休日
そんな休日

なぁんて思ってたら

鈴木志郎康さんのお宅でガレージを改装して麻理さんが始められた
「うえはらんど3丁目15番地」に伺った週末
辻和人さんと新宿で別れ際までお喋りしていて

「それじゃ、これから買い物ですか」
「そうなんです。小田急ハルクの地下で野菜がいろいろ買えるので」
また、と手を振ってハルクの地下で和歌山の蕪に香川の菜花
沖縄の南瓜まるごと買いながら
「お弁当も買って帰るからね」とメール
ところが

蕪と南瓜で手いっぱい重たいしかさばるし
食べ物を手にするうち急激にお腹が空いてきた
たぶんこのくらいの時間の流れが自然なんだよ
流通ってどれほどくるしいおあずけの連続なんだろう
「お弁当は無理そうなので、湯葉丼お願い」
「了解！　すぐ始めるね」
「お願い」
山手線の家族連れ移動中のふたり部活帰りの高校生にまじり
南瓜に蕪に菜花を提げて湯葉丼へといいえわが家へと

ところがところが

あと五分の最寄り駅で着信
「たいへん！　湯葉がない！」
「湯葉と思ってたのは豆腐のパックだった」
「申し訳ないけど今から広小路まで買いに行ける？」

南瓜と蕪と菜花を抱えて空腹抱えて
広小路まで
乗り換えて階段上がってダッシュダッシュ
閉店間際の品切れ場面がちらつく頭をふりふり
「春日通り側の入り口から入ってすぐ右の階段下りて右へ
壁側にある　豆乳入りを　なければ出汁入りでも」
指令は完璧
品切れの場面は再現されず
豆乳入りも出汁入りも選べる幸せで空腹を紛らせながら
欲ばって三つ買う
ここまで来たら重いしかさばるから二つも三つも同じこと

そんな休日
そんな休日

光、長崎の

ごめんねぇ本当は五島列島に行きたいのに
島といっても港からフェリーで二十分そこそこ
伊王島の高台から海に向かう馬込教会は
六月の日差しに眩しい白

久しぶりに
苦手な飛行機に乗る決心をしたのだもの
早起きして高速船で一時間半
渡ってみてもよかったよね
福江島の堂崎教会堂だとか
言葉にすれば決まって
母は打ち消す
そんなことないよ、初めて来たんだから
そんなに遠くまで行かなくたって

見たいところ、見るところはたくさん

昨日は傘を広げたり畳んだり
初めての長崎
電気軌道を降り坂がちの町へ
まずどこへ？　と問えばためらいもなく
大浦天主堂と母
だから　だから
いっきに駆けのぼりたい階段は
つめかけた人たちの分厚くのびる列
国宝なんだね
くぐもる声
いつか誰かの灰まじりの涙に濡れたまま
乾ききらない外壁の翳り
新調したゴアテックスの短靴で踏むことを強いられる
信仰はもたないけれど
高みから滴る彩りのちからに抗えない
平たく言えば

ステンドグラスに惹かれ
いのりと呼ぶには足りない思いをかかえて
えいっと踏み出し飛行機に乗り込んだ
母は
すっとデジカメをおろす
堂内へ
梅雨空の光染め分ける
とどかない窓へ
やっと

木の床から屋根裏へ
目を走らせるより早く
立つ身体を濡らす濁りのない色いろ
青赤そして緑と黄いろ
許し慰めすべてを受け容れる場所
いえ
そんなしつらえも持たず
禁じられた二百五十年をくぐりぬけた信者

明治初め
打ち明けられた側はそれを「発見」と呼び
信者がいることを「奇跡」と言ったのね
「発見」なんて受け身ではなくて
みずから「ここにいます」と
囁きとはいえ
声を挙げたというのに

そう
声が
母をここに連れてきた
カウンターテナー上杉清仁さん
その人となりと艶やかな声を知って
教会でうたわれる旧い歌の
豊かな声のちからにふれて
ふるえる母の心を染めた
ステンドグラス
木造のこんな天主堂で

歌が聴けたらね
上杉さんの
どんなふうにゆきわたるのだろう
ドイツやスイスや
あちこちの教会でも歌ってきたひとだもの

「ここにいます」
囁く信者に
驚いた司祭の住まいや羅典神学校が
緑にふちどられ傍らにある
天主堂のうちがわはカメラご法度
まならうらにおさめるしかない
開け放された鎧戸の外まで
ステンドグラスの物語はあふれているから
にじむ雨のあとそのありさまを写す
堂をこぼれる冷気と色とりどりが写る

坂から坂へ

グラバー園の紫陽花は雨気を含んでいたけれど
邸宅から邸宅へとめぐるうち
港を見おろす庭はすっかり乾いていて
喉が渇いた
お腹もすいたよと
昼どきを逃してお茶とカステラ
眼鏡橋も出島も気になるねそれでも
洋館好きの母と私としては
写していい窓も階段も
通りすぎるのが惜しくて幾度も
行きつ戻りつ

爆心地も平和公園にも行かなかった
代わりに伊王島
軍艦島の手前なんだね
ここも一時は炭鉱だったんだ

信者「発見」の明治ではなく

昭和初めに建てられたという馬込教会は
バス停の真上
上ってものぼってもまた階段で
母の足もとが気になる
大丈夫?　ときいて
大丈夫ではなくても上ってしまう
母だから
きかない
少し離れて上る
陰のない海べりの高台すっくと白く
日曜のまひる
礼拝のあとだろうか
歌も祈りの声もない
ただ窓から
青や黄いろの光が降って

ふりかえってまた
デジカメを向け携帯を向ける

階段まで白い
汗をぬぐう
納屋だろうか
通りかかったその時
しんぷさん、と
神父さん
しんぷさん
信者のひとのとりわけ多いという島で
教会の下の道
しんぷさん
女のひとの声に
応える気配
なんねとでもいうような
畑へゆくところでもあるような
年老いてなどいない
日に焼けたひとの姿
波は目の下に寄せ
バスの時間はまだ先
潮のにおいまで照らすような

まぶしい
ああ
私たちはここまで
光を観にきたのだ

そうめん、極太の

宏くんがやっと東京に来られるというから
案内しなくちゃ、と母が
日ごと地図を広げるようになったのは
梅雨のさなかだったか

徳島の山あい阿波半田に住まう母のいとこ
母ひとり子ひとりというところは
考えてみたら、うちと同じ
その母、私にとっては祖母の妹すなわち大叔母の千代子さんは
眉の太い口数が多くはない
自分を偽らないひと、言葉を換えれば妥協がない
歳末押し迫った彼岸への旅立ちは淡々とくもりのない顔
病院との往復もしくは泊まり込みの数年を知っていたから母は
落ち着いたら東京へも遊びに来てよ

案内するからね、と年下のいとこをねぎらって
モノクロームの山と雲と川の町から私と帰った
宏くんとか宏っちゃんと母は呼び私は宏兄ちゃんと呼ぶ
母の実家のある琴平や父の郷里の川之江まで車で
県境を越えて送ってくれたり
いつの間にかみんなの写真を撮っていたり
大叔母に似た太い眉毛でにこにこ
そんな宏兄ちゃんが東京に

ちょうど隅田川の花火をはさむ日程だ
浅草に泊まるって宿はとれたのかな
二泊は浅草、花火の日は両国だって
移動しなきゃならないのは面倒ね
うちにも寄ってもらいたいから案内すると母
そうねと話しているところへ届く
そうめん、極太の
荷物になって持っていけないから先に送るよと
阿波半田の絶品そうめん、極太の

うどんじゃないのと驚かれもするこれは
そうめん、半田そうめんという、極太の

小学校に上がったばかりだったろうか雪の日に
社宅の前で泣きべそかきながら
縄跳びの練習をしていたところに現われた
宏兄ちゃん、親戚の誰かと
あれは川口の工場街
うんと大人に見えたけれど二十代だったんだな
あの時どんなふうに来たんだろうね
どうだったんだろうと母
とにかく羽田まで迎えに行ってくるよ
え
京急で行けるよね
そうだね長崎旅行の時
都営浅草線で乗り換えなしだからと
勤め先に近い宝町まで来てもらったっけ
人形町で日比谷線から直通電車に乗り換えればいい

平日の朝出勤する私に一緒に行ってと母は言わないが
乗換検索で時間は調べておこう
さもないとむやみに早く出かけてしまうから
それでもメモした時間よりだいぶ早めに出ると言う
空港行きではないのには乗ったらダメだよ、とだけ念押し
そうだね西馬込行きとかねとうなずき母は
じゃあ雷門で十八時にねと言い置いて

浅草寺や花やしきの奥イタリアンでビールにワイン
宏兄ちゃんのまたいとこ大島在住の清さんもまじえて
阿波半田の子どものころのこと
昼間、母と歩いた泉岳寺のこと
七十代が三人揃うとあっという間に満腹だからあとは食べてと
いい大人の私を若者扱いするので困りもの
明日は私のいとこ靖くんが案内
あさっては母と飯田橋を皮切りに江戸城をぐるりと歩くのだって
連絡してよと見送る母と帰りながら
日陰の少なそうなルートが気がかり

暑くなるから水分ちゃんと摂ってね
博物館なんかのほうが涼しくって安心だけどなあ
いやたぶん宏っちゃんはと勢い込むように
実際そこにあるものを見たいんだとおもう展示されてるものではなくて
だったら仕方ないね暑くても

それにしても八時集合は早いね移動日だとしても
東御苑は閉まるのが早いから早く行かなくちゃ
なるほど、どのへんで合流できるかメールするねと私
今週はお預けだね、そうめん
週末の昼はたいてい半田そうめん腰が強くて伸びにくいのだ
夏場はつゆにおろし生姜たまにぶっかけ寒くなればにゅうめんと決まっていたのを
思いついてポン酢とごま油で冷やし中華風にしたら簡単かつ美味しく
ホールトマトで冷製パスタ風にしてもらったらこれもなかなか
そういえば宏兄ちゃん
阿波半田で生まれ育ったのにそうめんを好きじゃないと言う
美味しいよねえと言うと、そうなと笑って
山あいの*五千人に満たない町に四十もの業者さかのぼること二百年

歴史好きな宏兄ちゃん太い眉毛でにこにこ
好かんとさらり
流されないところは案外、千代子さんと似てるのかな
浅草でチェックアウトしたら入谷のわが家へ来てもらい
荷物を置いて出かけるという母に
花火の日は尋常じゃなく混み合うからむしろ
歩き始める前に両国へ運んでおいたほうがいいよと説得
不承ぶしょうの母と二人ずっしりかさ張る荷物を提げて
浅草から都営浅草線、浅草橋で乗り換え両国へ出て宿に荷物を預け
総武線で飯田橋へ出て牛込橋取って返して竹橋へ
またいとこ清さん再登場で三人というより
男の人はどうしてああふざけてばかりと眉ひそめる母が
先に立ちぐいぐい先導して平川門東御苑天守台松の廊下
お土産手配に東京駅そして赤坂紀尾井坂
道中の実況ショートメールが刻々来るけれど私は
仕事帰りに会う人たちに半田そうめん提げてゆくので荷物が重いと合流を断念
明日羽田まで一緒に見送るからと返信
昼過ぎの便ならうちにはその前に寄ってもらえばいいよね

ところが　ところが

清さんが言うのよ日本橋に行くべきだって
せっかくお江戸に来たんだから
日本橋が好きな母はまんざらでもなさそう
聞き間違いで帰りの便は夜だったから時間はたっぷり
でも荷物は重いから手ぶらでうちまで来てもらって
あとから取りに行こうよ日本橋の前に
だとするとどこまで迎えに行こうかなと母
聞けば上野で晩ご飯だったというのでびっくり
赤坂からまっすぐ両国へ送っていったのではなくて
勝手がわかる上野まで戻ってきたんだ銀座線で
そこからまた両国まで送って帰ってきたんじゃ疲れたよね
乗り換えて降りて見届けてまた乗って乗り換えて日比谷線へ
三十五度超えのまぶしいまひると混み合う上野の駅ビルそして階段階段を思い浮かべる
清さんの登場に安心、半田そうめん提げて出るので合流しなかったけれど
母が振り出しの両国まで戻ることは考えてなかった
そうだよね不案内ないとこをひとり帰せなかったよね

でも最終日は途中まで来てもらうと言う
浅草と言うのを上野のほうがとつよく言ったのは
移動が楽だからなのだけれどそれが
間違いのもとになるなんて

出かけた母から連絡がない
まさかと電話するとうろたえ声会えないと
改札から改札へ探しまわったというのに
いちばん小さな改札へと案内したつもりでも慣れない町のこと
しかも日曜で夏休みあまりの人ごみに迷っているのか
迷う宏兄ちゃんもだけれど探しあぐねる母が
まっしろになって棒立ちになる姿が浮かんでしまう
私が行けばよかったいや行こう
バッグをつかんで立ち上がるや鍵のまわる音と声
照れくさそうないとこを連れて大変だったわよと母
改札の名前を間違えていたのは私
だからだろうか待たずに動いてしまった不安にもなるよね
携帯の声を頼りに見える駅舎をめざしてもらって

よく会えたよね行き交う幾十いくひゃくの待ち合わせをくぐりぬけ
ジュース飲んで帰ってきたからと日比谷線でひと駅
もうコーヒー淹れなくていいね
マンションの狭い屋内をひとわたり見せてと思っていたら
リフォームの仕事柄フローリングはシンクの高さは窓の大きさはとチェック
引き込まれそうになるけど時間がなくなるよ
汗を拭いてさあと促す
日本橋いやその前にもう一度荷物を取りに
両国へ

うちに来る前に宿から近いしと勧めた江戸博
連絡待ちになってしまって楽しめなかったみたい
母の分析どおり実地に見るのが好みなのかな
それより何より物知りでしっかり者と思っていたのが
切符はどこメモはどこと紛れがちなことにびっくり
私は日々探しもので大人の注意欠陥障害を疑ったりしてるけれど
にこにこ頼もしい宏兄ちゃんにまさか
なくしものの癖があるなんて

携帯で話した上野駅の待ち合わせ場所はいったい
どこに紛れてしまったのか

両国から日本橋へとシミュレーションは完璧
コインロッカーに荷物を三つ
今度こそ一緒だからと気持ちは先へ先へ
歩くの早いんなあとあきれられながら
さああれが日本橋と指さす先、首都高速のかかる大通り沿い
浴衣やうすものの女の人たち
川面には小舟
麒麟や魔物の青銅がそびえる橋の中ほど臍のような
あれは日本国道路元票
五街道は極太ここからひょるひゅる四方へ伸びて
地を這う途切れることのない幾筋いずこへなりとも私たちを
いざなってくれる

＊半田町は合併により、美馬郡つるぎ町の一部に。そうめん業者は二〇二四年現在、二十一

窓、犬山の

乗り込むと間もなく
チョコレート色のバスは動きはじめる
ふりかえって母と顔を見あわせる
博物館明治村というんだね
前に一度来ているのに憶えてなかったよ
岐阜だと思い込んでいたけれど
ここは愛知
犬山城へ寄らずにまっすぐ来る人は珍しいのかな

うねうねと坂はのび
白壁にバルコニーや瓦葺き木造の民家
煉瓦や石でできた洋館のあいまを縫って
あれは三重県庁舎、そして金沢監獄
その隣のこれは、なに？

車内アナウンスが追いつかない
ああ
ここで降りよう

十一月薄曇りの空のもと
午後の空気はひんやり
池の奥には帝国ホテル、
写真で見たことがあると母
一部といってもおおきい
日比谷からここまで運んできたんだね
細工の施されたタイルや煉瓦や石が組みあわされ
込み入った造り
声がするほうを見あげると
中二階でパーティーの様子
現在進行形で使ってるんだね
話しかけたらいない母を探すと
団体さんの向こうでデジカメ態勢
撮りたいものばかりなのは私も同じだけど

あまり長居はできないよ
今日のメインはここじゃない

何しろ教会が三つ
誰もカメラを咎めない
挙式の希望にも応えてくれるらしいけど
それはいつか必要が生じたら思い出すことにしよう
ステンドグラスもある
そして一年少し前
長崎の伊王島で
海に臨む馬込教会に行ったあと
島にもうひとつ教会があるとわかったものの
離れすぎていて辿り着けなかった
大明寺教会
正確には大明寺聖パウロ教会堂の先代が
明治の初めに建てられた姿で
保存されているというのだから
急がなくては

銀行に写真館、芝居小屋に銭湯
ガラス工場に変電所、派出所に兵舎
幸田露伴や森鷗外、夏目漱石の住まいまで
近代史に文学史が混じる
そりゃあ博物館だもの
小学校に旧制高校そして師範学校
鼻の奥があつい

だってだってさ
明治村のことを知ったのは
高校のころ
明治の終わりにできた
女学校時代の建物もまだ現役だった
通称ベルサイユの旧校舎は火気厳禁
冬は手袋のまま学校新聞の記事を書いたり
ギロチン窓と呼ぶ上げ下げ窓が軋んだり
不自由極まりない旧校舎を

壊すというのだった私たちの目の前で
どうにか止められないものかと心は逸るのに
何ひとつしないままその日を迎えた
むざんむざんな
むしばまれてゆくむくろ
ざくりと断面あらわ
そのころ
明治村にでも保存できればねと
言ったのは教師のひとりだったか
明治村、というものが日本のどこかにあって
旧い建物を保存しているらしいと
たとえば旧校舎がそこに運ばれていくことを想像する
だったらだったらさ
上げ下げ窓の火気厳禁のそれが
目の前から失われてもいいと思えた
想像でしかなかった
運んでいくほどのものではないと
それでも当時、建築史のだろうか研究者が来て

ひととおり調べたのだとあとから聞いた
それだけのものではあっても
それだけのものだったのか
だからだからさ
知りたくてならなかったのだ私
明治村にはどんな建物があるのか
保存するほどの建物って
どんなものなのか

そして三つの教会
京都にあった二つ
聖ザビエル天主堂と聖ヨハネ教会堂
そして長崎の大明寺聖パウロ教会堂
駆け足でまわってもまわりきれない村内の
北に二つ、南端の高台にひとつ
母はどれも見たいと言う
駆け足でまわろう
行けるところまで

紅葉の見ごろをやや過ぎ
赤はへりからちりちりと縮んで
ライトアップは今日明日まで
いつもより長く村内にいられる幸い
日没のあとも見ていられるけれど
きれいに撮るのは難しくなるかな
撮りに撮ったあげく
電池を換えなきゃと母はいそがしい
空へ伸びる聖ザビエル天主堂の内がわ
ほの暗いなかへ注ぎこまれる
すきとおった赤、青、黄、縦長のつづれ
そしておおきな円い
薔薇窓をこぼれる光の帯びる音
信仰のない母も私も
分け隔てなく染めてゆく誰かれの声
ほおっと溜め息で溶かしながら
母じしんと私じしんに返る

さあ大明寺教会堂へ
見えているのに近づかない道を選び直し
案内板を二度見直すふしぎ
どう眺めても教会ではないのだった
なにと言うなら学校の講堂や大きな田舎家
どうかするとお寺の本堂のような
漆喰だろうか白い壁と木の
ありきたりののどかさへ踏み入る、と
傘の骨組み仰ぐような
こうもり天井に祭壇
紛うことのない祈りの場
咎める人はいないのでシャッターをきる
余分なもののない清潔
表に出ると日脚は短い
急ごう

聖ヨハネ教会堂に通じる坂は幾度も折り返す
道の端には灯し

ライトアップに照らし出された外壁は
本当の色がわからない
階上にしつらえられてある
祈りの場はモノトーンに暮れて
壁いちめんは窓それが
ステンドグラスかどうか
判別できない暗さ
礼拝の時刻の様子を思い浮かべることはできないけれど
おごそかさを胸の底まで吸い込む
よそ行きではない習わしを
私としての誰かれが行なう
気配をたぐり寄せ
見あげる
ありはしない旧校舎のあの
上げ下げ窓
見あげる

海、尾道の

地図と映画でしか知らない町へ行く
初めての
私にとって　母にとっても
尾道
海にのぞむ町
純子さんに連絡してみようと母

シルバーウィーク直前の平日は雨
通勤電車にキャリーをひいて乗り込む
日比谷線山手線
飛行機ではなく新幹線
雨雲は新神戸あたりでちぎれた
たぶん
坂の多い町だから歩きやすい靴がいいよね

車にも自転車にも乗らない母と私だから
駅に近いホテルに泊まろう
町と海を一望する
高台の宿にも惹かれるけれど
ロープウェイに乗ればみえるものね

午後一時半
桟橋の上のホテルで待っているよと母は
洋裁学校の同級生・純子さんに電話
新幹線のデッキは音がひどくて聞こえないから
続きはメールでねと言って切ったと
福山から山陽本線
東尾道駅を過ぎると海が近くなる
午後一時半
フロントでキャリーを預け
長いテラスを歩いてくるあれは
純子さん
白いシャツの襟を立て

黒を利かせたいでたち
白黒ギンガムチェックのシャツの母も傘寿だけれど
洋裁学校出身だけあって二人とも
着こなしはなかなかのもの
旧いアルバムでみた学生たちの船上ファッションショー
慣れない白粉で平たい顔に
サテンだろうか作品のワンピースにヒール
久しぶり、元気そう、と小さく交わす
十年くらい前に東京で集まったけれど
こんなふうに訪ねるのは初めてだものね
洋食ランチを注文すると
話は同級生たちのこと
純子さんの娘さんたちお孫さんたちのこと
ほんとうのところは
孫の話ができなくて寂しいのだろうと
母の内心を想像するのはこんな時
聞いてみたことはないけれど

どこに行く？　ええと千光寺だっけ
千光寺、ロープウェイ乗ってみる？
いいね
先に立つ純子さん
歩きまわれる靴で出かけてきたけれど
秋の午後のこり時間は長くない
見晴らしのいいところに行ければ十分だよねと
母と私は目と目で納得
山陽本線に沿って東へ走るバスを長江口で降り
鳥居脇を進むとロープウェイ駅
座席が少ない車内で母は立ち
デジカメを取り出す
神社を見おろし
三重塔だの誰かの住まう屋根だの緑の密集だのを飛び越し
振り向けばとうに
ひらけていた足下この山の木立の向こう
尾道水道そして向島因島たぶん生口島
手前は黒々とその奥は重なって少し明るみ

目を凝らすともうひとつ淡い島影
携帯のカメラ機能を調整するうち
ああ
着いてしまった

晴れていたらねぇ、もっと遠くまで
見えるんだけどと純子さん
尾道に四十年あまり
きけばもとは和歌山そして母と出会った洋裁学校は高松
海の町から海の町へ、だったんだ
海沿いのボードウォーク娘さんとベンチで
お弁当を広げることもあるのだと
パンがおいしいと言って
案内してくれた店のいい香り
風のなか母子ならんで
サンドイッチにコーヒー
ドックや灯台行き交う船を見ながら
食べてみたくなる

洋裁学校に通いながら
ねぇ、ダンスを習いに行ってたのよね
何度もきいているのに改めてきく
踊る楽しさに目覚めたこころは
親の昔話に興味がつのる
純子さんはチャチャチャやジルバ、サンバが得意
私はスローなワルツやブルースが好きと母
難しかったけどタンゴもね
テンポの速いのは苦手
そんなことない　お母さん活発だったわよと
純子さんはいたずらっぽい
お小遣いなんてもらってないのに
よく通ってたわよねと母
それなら前にきいたことがある
教科書代や教材費が要ると言って
もらっていたのだと厳しい両親から
憶えていないなあと小声

でも忘れていないこと　忘れるはずがないこと
父に出会った時のこと
仲のよかったみゆきさんが連れてきた幼なじみと言って
たーくん、と呼ばれていた
大学生だったそのひとのひとこと
ダンスなんかする女の子はきらいだと
それでやめてしまうのだ母はダンスを
出会ったばかりのひとが
そんなふうに言ったからと
みんなどんなに驚いたろう
からかわれたりしなかったはずがない

携帯もパソコンもない時代の
その先の物語を純子さんはたぶん
私よりよほど詳しく知っているのだけれど
父の口からきくことはもうできない
ママの清楚なところがいいと
言っていたひとと母とは銀婚式を迎えられなかった

三十三回忌も終えたのよと母
そんなに経つのねと純子さん

アーケードの商店街を抜け
旅行鞄の傍らしゃがむ芙美子の「放浪記」の碑を撮って
お茶をしながら秋は暮れてゆく
東京に来る時は声かけてね
行けるかしら　何言ってるのと
ほんの少し湿っぽく
でも一度来たからまた来られるよねと励まし
はるばる来てくれてありがとう気をつけてね
つきあってくれてありがとうと手を振り合う
二人に戻って桟橋の上のホテル
そう
旅は始まったばかり
明日
私たちは海を渡るバスに乗る
父の郷里へ向かうのだ

穴子、瀬戸内の

手を振って純子さんと別れ
桟橋の上のホテルに戻る
母と
預けてあったキャリーをひいて部屋へ入れば
窓はひろい
川ではないかと
訝しむひとがいるのも不思議はないほど
手を伸ばせば届きそうな対岸
向島の灯台からきらっと灯がもれる
尾道
坂道や階段を歩くつもりでいたけれど
あんまり歩かなかったね
でも、お腹すいた
せっかくだから穴子食べよう

東京と違って小ぶりなのをね
蒸すのじゃなく焼いたのをさ

海ぎわの遊歩道をのぞむ通りを歩いて
刺身は食べられない母と夕食をとる店をさがす
街灯のオレンジ色に染まりながら
フロントにあったグルメマップとガイドブック
すみずみまで目をとおして
たぶんこっち
純子さんと三人歩いたアーケードのひとすじ海側に
ここならたぶんと当たりをつけた
覚えにくいひらがなだらけの名前
これかな、ランチ穴子飯と大きな字
夜も食べられるかな居酒屋らしいけど
階段をのぼり
あのう食事だけでも大丈夫ですか
どうぞと迎えられて海の見える席へ
たんたんと母は

いやほっとした顔
メニューに穴子の炊き込みご飯を見つけて私も
旅のミッションその二を完了した気分
となると
明日も早起きだしお酒はちょっと
などと思ったのをころっと忘れ
ねえ、なんか飲む？　ビールかな喉乾いたねと
メニューをめくり直す始末
いいねぇと乗ってくれる母とグラスをあわせ
やっぱり穴子だよね

うなぎなんて食べられないと
もっぱら穴子派だった父
瀬戸内海の地の魚をたくさん食べていたから
東京は魚が美味しくないとこぼして
それでも夜中に鉄火巻きを提げて帰ってきたり
食べろと起こされるのはもちろん私
母は玉子とかんぴょう巻きと穴子

父は
東京の穴子も食べていた
蒸して甘がらいたれを塗ったのを

この店の名前、どういう意味なんですか
ああ、魚の名前なんです
このあたりで獲れる
ええと
関係ないかもしれないんですけど
私たち四国の人間で
父がよく言ってたんですが
でべらがれいって
そうそれです
たまがんぞうかれいっていうんですよね
それでたまがんぞう
そうなんです
しらすのサラダだの梅酒のソーダ割りだのに
ほろっとゆるんで

パパは来たことあったんだろうか尾道へ
どうだろう
宮島の写真はあったと思うけど
ああ母と
こんなふうに旅先でいるところ
父は知らない
炊き込みご飯を分ける
こうばしい
ひきしまった穴子の甘がらくない身がごはんになじんで
美味しい
ふふっというふうに母は
満足を控えめに表明してくれる
よかった
ミッション達成ということにしておこう

次の朝
日照時間の長いこの地方らしく快晴
ホテルの前から

しまなみ海道を辿って今治に到る高速バスに乗る
背骨のように並ぶ
向島、因島、生口島
次の大三島で途中下車
この島から愛媛県
四国一大きな神社
大山祇神社へ
駆け足でご挨拶をと考えたのだけれど
お詣りの次第は他日改めて記すとして
備忘録よろしく書いておきたいのは
お詣りを終え今治へ
向かうバスに乗る前に
お昼を何か食べなくてはと
走りまわったこと
ええ
伊予一の宮大山祇神社の鳥居前だからといって
道の駅があるからといって
隣り合わせる伯方島の塩のチョコレートや

柑橘類を使ったお菓子や野菜は豊かに並んでいるものの
おむすびやサンドイッチは扱われていないのだ
コンビニも見当たらない
しまなみ海道を自転車で行くひとたちに人気の
海鮮丼が食べられる店があるにはあるけれど
時間が足りない
そういうもの
置いてるのはショッパーズだけですと
お土産屋さんが指し示すのは鳥居前のバス停から徒歩三分では着かなかった
親切な道の駅のさらに先
あと六分
しかたない待っててね
母と母のキャリーと私のキャリーを日蔭に残し
ダッシュ
ショッパーズ大三島店へ
惣菜売り場とパンのコーナーはどこ
奥へ奥へ
ひんやりした一角にそれはある

穴子中巻き三百九十八円
パンのコーナーは通り過ぎ
割り箸ください
二膳と言ったか言えなかったか
駆け戻る手の先レジ袋はくるくるねじれて
まだ来てないよね
車内が混み合ったら食べられないと
気づいたのはその時
ええままよってこういうことを言うのか
ほどなくバスは着き
がらんとした後部座席にキャリーを引き入れ
ごめんなさいお行儀わるいけれどそそくさと
穴子中巻きいちパックを分けて
ひとごこち
バスは
伯方島から大島へ
さしかかろうとしている

しまなみ、そして川口の

渡る
渡るということ
向こうがわへおもむくということを
かんがえていた

みるみる暮れかける河川敷の
奥行き知れなくなる時分
荒川大橋を渡る
渡ったのだとおもう
かえって
川口へ行ってきたよと話すと
母は
そう、と応え
ややあって訊く

どうだった?
そうね、変わってしまったとも言えるし
ああこんなふうだった
あの頃のままというところもあるよ
バスの本数は前よりもっと少なくなって
工場だったところはたいてい
配送センターみたいなものになっているけど
化学工場も残ってる
バス停の名前もね
工場街って
でも
あの社宅の一画はまるっきり跡形なくて
三十年以上経つんだもの
無理もないね
ふたつの川に挟まれた
町、といえるのか商店もない地区
今はもうない会社に勤めていた父と、母と私
2DKの社宅で過ごした頃の

梛木の橋を渡ってバスに
川沿いを走るバスに乗って

ふた月前　秋彼岸
尾道の港ぎわキャリー持ち上げ
大丈夫ですか荷物大きいんですがと問うと
運転手さんは
空いてますからこのとおりと笑う
座席は片側ビニルシートで覆われ
折り畳み自転車の持ち込み待機態勢
母と私を乗せ高速バスは
くるりと海に背を向け
中国山地へ駆けのぼってゆく、のではなかった
新幹線新尾道駅の高みをピークに折り返し
まっさかさま　まぶしい
海をふみこえ
しまなみ海道
向島因島生口島大三島伯方島大島と

つなぐ橋ななつを渡りきれば今治
今治に着く
父かたの伯父と伯母、いとこの家族が待つ
今治に

パズルのピースをぶちまけた
床ではなくって海原
脊椎動物の背骨のかけらとかけらを順ぐりに
縫いあわせる橋梁のゆあんゆよん
潮目を往き来する水軍漁《すなど》るひとみかん農家汐汲み干すひと
領地をわかつ樽流し
真鯛も章魚も穴子もでべらがれいも
波をきりわける境界線なんて知らない
太古から
まして私そして母
隣の香川で生まれ育ったって
初めてよと母は
今治へ

速度をあげるバスの窓から
橋のアーチを島影をフェリーだろうか船を
さんざめく秋まひるの光でつかまえようと
そう
デジカメ構え

お城の石垣が海に迫る町高松で
出会ったふたり
二十三歳の父が渡ったのは
この橋ではない
むろん
二十二歳の母が渡ったのも

船で渡って父は行った東京へ
船で渡って母も行った東京へ
オリンピックを控え首都高もなく空はまだ広かった東京へ
会社員として洋裁師の卵として
松山でなく高松でなく

大阪でも神戸でもなく
東京へ
（ＴＯＫＹＯへ）

だのに暮らしたのは
東京のへりを滑り落ちたところ
産業機械メーカーの経理部勤務とお針子のふたり
まず川崎そして川口と
東京を突っ切って

梛木の橋の停留所でバスを降りる
川幅の狭い芝川を渡ると左右は工場
錆びた鉄の色正体のわからないにおい
まっすぐ行けば荒川の土手危ないから一人で行っちゃ駄目
手前の角を左折すると片側に古びた洋館日暮れにはこうもり
その先に
三階建て二十四世帯の家族寮奥に独身寮も
広場の草取りが手間だからと鋳物用の砂を入れさせたのは

父だったか総務課の
草いっぽんの緑もない窓はまだアルミサッシではなく
行き交うトラックに舞い上がる砂ほこりを免れなかった
「あんな場所
ひとの住むところじゃない」
言い放った中学の担任は社会科教師
水を汲み上げて調べたのだと
青ざめた母つめよることもできず憤りをかかえて
父にはそのまま伝えたのだろうか

二十年あまりを働きづめに働き
たおれた父
今治より東に位置する郷里川之江に戻って眠った
骨になって
一家の墓に
カロウシという言葉がなかった頃
あれを労災と言わないなら何を労災と呼ぶのかと
心をとがらせるきっかけを子に与えた生き方

おれは悔いはないが
お前たちがふびんだと言い置くくらいなら
他に途はなかったのか
なんの咎もなく命は尽きる
海を渡って橋もないのに
船で渡って東京へ
ナンノタメニナンノタメニナンノタメニナンノタメニ
なんのためにと呟きながらこみあげてくるものを
のみこみながらバスは
バスは芝川沿いの道を折り返し
荒川大橋を渡る
東京へ赤羽へ
土手にのぼればひろやかな空のもと対岸にみえる町へ

いえこれは
しまなみ海道
大山祇神社のある大三島からは今治市
樹齢二千六百年と伝えられる楠のねじれた幹

八方へさしのべられる枝ごとのしなやかさ
来たことがあったろうか父は
尋ねようとしてではなく
ふりむけば母はうつむき
デジカメの電池を入れ替えている

ふとん、あの家の

予讃線上り列車の進行方向左手は海
海に向かっている
波のかたちはみえないけれど
台風がちなこの季節にも雨は多くない
あかるい空に覗きこまれ
今治から川之江へ
父のねむる一族の墓所へゆく
普通列車の一時間はアナウンスも控えめだから
うとうとしていたら乗り過ごしてしまいそう
どうしようかうたた寝には自信がある
乗り越して戻っていたら日が傾く
ＪＲ四国はそんな時刻表

バブルなんて時代の少し前

たぶん
母を残してひとり川之江へ
夏休みだったろうか
父と三人暮らした社宅を引き払った後だったか
電話すると母の口がおもい
どうしたの
はじめてパパが夢に出てきてくれたのだけど
出てきてくれたのよかったじゃない
それがね
うん
日曜の夕方かな野球か何かテレビをみてて
ああそんなだったね
私は台所にいるんだけど呼ばれて振り向いたら
うん台所でね
振り向いたらパパの顔はみえるんだけど
身体の下のほうから薄くなって
みえなくなっていくのよ
え、なに？

だからねいやだっ消えちゃ！　って
自分の声で目が覚めちゃった
そう
そうだったのきっと
きっとパパは夢に出てきたのに
私が四国に来ているとわかって
あわててこっちへ来ようとしたのかもしれない
身体はひとつなのに気持ちが
ふたつに裂かれて
うーんそうねぇあんたがそっちにいるからねぇ

恋愛結婚だった仲のいい夫婦だった
二年で三度の入院手術ははじめてのことだった
バスと電車を乗り継ぎ雨の日も雪の日も付き添った
春の明け方さいごのいきにいきをのみ
なみだはこぼれないいまま
しずみきったふちからペンを手に
図書館に通いつめ医師に話をきき

ふたりで歩いた町を訪ねなおし二年後
闘病記をまとめた克明に淡々と
あとがきに記した生まれ変わってもと
うまれかわってもわたしはと

しまなみ海道を渡りきった今治では
父方の伯父伯母、いとこが迎えてくれた
画歴約二十年のいとこ・登志夫兄ちゃんが
私設ギャラリーで食事を出してくれるというので
あまえた
あまえついでに思いついてメールを
(母は生の魚介と肉が食べられないのです)
やさしい先生だったいとこから
(野菜中心で考えてみますね)
と返信があったので安心していたけれど
虫の鳴きしきる草むらの扉の奥やわらかな灯しのもと
椎茸と生クリームのスープに喜んでいたら
ピザの隅っこにはソーセージ仕方ないよね

急なお願いだったもの
丁寧に淹れてくれたコーヒーに
デザートのケーキまでお手製
おまけにギャラリーを埋め尽くす大小の木版画
声をあげるとよかったらお好きなのをと
今治や内子と愛媛ばかりか飛驒に京都
なかに尾道を見つけた母
行ったばかりだからすぐにわかった
ぜひ譲ってと頼みこみ包んでもらって
うふっと肩先がゆるんだ
小さな作品だからうちにも飾れるね
私はこの桜咲く蔵の一枚がいいな
どこの酒蔵だろう
額入り二枚を抱えて宿へ
明日はしまなみ海道のみえる公園へと誘ってくれるのを
タオル博物館とねだる
みどり深い山せまる博物館は
父の元気なころにはなかったはず

母と二人あまえたみたいに
たぶんもっと
ねえさん、兄貴とあまえていたらしい末っ子の父
その父の退場が早すぎたぶん弟の家族を
気づかい続けてくれる伯父と伯母
父の齢をとっくに超えた子としては
もうだいじょうぶですってばとつぶやく思いと
健在ならこんな年ごろ、と仰ぐ思いがないまぜの
糸になる
ああタオルの糸ってきれいだ

父のねむるお墓は一家のものだから
あとでうつせないけどいいねと念をおされた
封を取り除いて骨壺からあける
父を見舞った祖母もそこへ加わった
長兄の伯父も
骨となって
それはどんなねむりなのだろう

ひとりひとりのねむりはまじりあわないのだろうか

あの家、川口の
父と母が六畳間となりの四畳半に私
ふすまを隔てて勉強机と本棚
押し入れにふとんと押し入れ簞笥
だったろうか
勉強机の前でうとうとと居眠り
ちゃんと寝なさいとたしなめられて敷くふとん
寝返りを打つ間もなく寝入る子ども
手のかからない子どもだったと　母
そのねむりのうっすら浅くなる
深夜
終電で帰った父と話し込む母の時間の果てにふたり
ふすまをあける
こたつぶとんを手にして
銘仙のだったろうか着物をつぶした布でつつんだ
おもくおおきないちまい

赤外線の熱をためたいちまいをふたりふわっと
いえずしっと
ねむる私のかけぶとんのうえに
なだれこむ蛍光灯のまぶしさがまぶたをとおす
ねむいねむりのふかみからよびおこされる
けれどめざめてはならないいきがして
ねむい子どもは
ときにねがえりをうちながらまぶしさをのがれ
ずしっとあたたかいふとんをまちながら
ふたつめのねむりへしずみこんでいったのだったろう
ふとん、あの家の
こたつぶとん、あの家の

いと、はじまりの

一九六六年、昭和なら四十一年ごろのこと
埼玉県川口市
つまり
キューポラの町のはずれ
ふたつの川にはさまれた工場街の一角の
三階建て集合住宅
社宅へ越してなんかげつ
たぶん四歳半の女児すなわち
わたくし

あおいにおいたたみのうえ
よこずわりにすわって
ほそくとがった
これは

つまようじ
とがってないほうにぎざぎざ
そこに
きゅっとするんだ
むすぶ
白いのやぴんくきいろいのも
りょうてをひろげたよりもっと
ながいほそいそれ
しつけいとっていうのよって
まま、の
てのなかにあるたば
まま
まま、に
ちょうだいといった
「まま、ちょうだい」と

ぺらっとうらっかえせば
まっしろの

ちらしっていうのを
ぬうの
ぬののかわり
ぬうのは、ね
まま、のまね
ままは、ね
ようさいし

あぶないからさわっちゃだめって
ままは
とがってほそぉいぎんいろの
はり、をいっぽん
ふえるとのはりやまからぬくと
あたまのところ
めがひとつ、じゃなくて
ちいちゃくあいた
あな
あなへとおす

いと、を
ななめにきって
くちにくわえて
しとっとさせてきゅるん
ねじってほそらせる
ほぉらほそぉくなったいとのさきが
すいっ
すいっとちいちゃな
とんねるをいま
とおってく
それは
ままのまじっく

つつっとはしるみたい
はり
まっすぐ
それにまぁるく
くれよんみたいな

ちゃこでかいたみちも
めじるしやもようのないところも
ぬののこっちとあっち
くぐっていきくぐってかえり
すすんでもどり
はりのねもとにきゅきゅっとまきつけ
ふしにするんだ
かたくかたぁく

そんな
ままのまね

しつけ糸と爪楊枝と折込みチラシ
糸と針と布地の代わり
これとこれ、ともたらされたのではなく
こんなふうにと教えられたのではなく
四歳半ほどの女児が
どうしてだかたどりついた

ままごと

ままごとのむこう
ままは

いたのまにみしん
ぐんぐんふみこむぺだるの
いったりきたり
みるみるおりてくるぬの？　きじ？　その
かたっぽうのはじがくるっ
くるるっとたたまれ
しつけいとじゃない
もっともっとずっとあっちまで
おわらないいとで
みしんのうえぎゅるんとゆれる
いとまきにまかれた
いとで
ぬっていく

ぬう
まっすぐまぁっすぐ
ままのまじっく
それは

編むよりも織るよりも
縫うことの好きな女の子
それはわたくしではなく
ますますなわちわが母
一九五〇年、昭和でいえば二十五年ごろのこと
たぶん
香川県観音寺
それとも善通寺
海にちかいちいさな町の中学生は
日曜日
お弁当を提げて先生の家へ行く
ミシンを借りに
まあたらしい生地なんかじゃない

ふるい浴衣をほどいて洗って裁ちあとをつないだ布に
折りしわ残る紙でつくった型紙をあて
ブラウスの前身頃、後ろ身頃
襟に袖

それが最初のいちまい？
ままの
ううん
かぶりをふる母
もっとまえよ
小学生の時から
ぬってた
ブラウスだけじゃなく
スカートも？
ワンピースも？
授業じゃなくてね
好きだったし得意だったから

おさいほう好きなんでしょ
よかったらいらっしゃいって
うれしかった
どきどきしながら
次の日曜日もでかけた
どうぞっていわれたろうか
たたきに靴をぬいだとき
うつむいて
ひきむすんでいた口からふうっと息がもれた
きっと
日の傾くまでいっしんにミシンをふむ
おさげの中学生
洋裁師への道はもう始まっていた

本科師範科デザイン科
三年行ったんだってね
これが出てきたのよって母は
ある日

洋裁学校の修了書を広げる
デザイン画は苦手って前に言ってたね
型紙は起こすけどやっぱり
デザインするより縫うのが好き
だから
もくもくと縫えればよかった
子どものスカートや
社宅の奥さんたちのワンピース
時どき町なかの洋裁品店だったか
工賃表を買ってたしかめてたね
スカートいくら　ワンピースいくら婦人物コートいくらと
示されたリスト
それより少なくしかもらわなかった
十年二十年着ても傷まない出来栄えも
あたりまえという矜持を
そっと縫い込み

まま、ママ、

ミシンの糸って二本、針も二本なんだね
家庭科の課題はついに一度も手伝ってもらわなかったけど
それはあなたに似て器用だったからではない
それでよかった
家にミシンがあるから
ボビンの入れ方はすんなりわかったよ
でも
迷いのない速さですすむ
ままま、ママの縫い方には追いつかない
洋裁師にはかなわないよ
娘は縫うことをつづけなかった

二本の糸
二本の針が行き交って縫いあげてゆく
からだをつつむもの
ものをいれるふくろ
自分のと娘のと
二着のウェディングドレスを縫った

ふくれ織の白
裾を引く長さの一着を縫いあげた四畳半で
父は細身の母をかかえて声をあげた
*ぼくの花嫁さん、と
ふいに針は折れ糸にうつる錆いろ
父はいなくなっても
縫いつづけた母
けれど
夕方になると黒っぽいものは見えにくくてねと
わらって手を止めた
六十歳少し前のことだったたか
たぶん

そして傘寿の春
この春
浴槽の上で乾かされていた
いちまいの布
水を通した生地、スカートを縫うのだと

久しぶりに型紙を取ったときけばうれしい
洋裁師だもの
自分の身は好みのかたち好みの色好みの風合いでつつむ
まま、ママ、そうだね、そうだよ
それがわが母

おっくうでね
型紙起こすのもね
でも、起こしたんでしょと問う娘には
計り知れない何か
暮れる春
立ち上がる夏
思ったよりかたくってねという生地はまだ
母の身体をつつまないまま

＊昭和三十五年の五月のある日、二月から一緒に住むようになった日吉のアパートの四畳半で、わたしは自分のウェディングドレスを縫っていました。質素なものでした。いなかでの結婚式を目前に、それが仕上がったとき、あなたは早く着せたがりました。

気取って、ミシンの椅子の上に立ったわたしに、あなたは照れもせず無邪気に歓声をあげました。

「ワァー、ぼくの花嫁さん！」

いいながら、わたしを軽々と持ちあげて椅子からおろしました。

鷹田英子『いのち ひたむきに』（私家版・一九八五年刊）終章「此岸より」

はり、まぼろしの
（「いと、はじまりの」補遺）

つつっと落ちた炭いろの水が
浴室の隅をほの暗く染める
春の終わり
編むよりも織るよりも
縫うことの好きな女の子すなわち母が久しぶり
ミシンに向かうらしかった
向かうのだと買ってきた布を
水とおししたのだろう干してあった
換気扇の音がむやみにおおきい

型紙を起こしたのを知っている
けれども
縫い始めたのを知らない

何を縫うのかも
いいえ
知っていた
きいた

丈の長いスカートが
探しても探してもなかなかないのよ
たまにあっても
フレアがおおすぎるのや柄物ばかりと常づね
かこつ母のクロゼットに並ぶのは
くるぶし丈の黒もしくはグレーないしチャコールグレー
昔はちがったベージュや焦げ茶ワイン色なんかもあったのに

シルバーパスで都バスを東日暮里三丁目で降りて
日暮里繊維街の店から店
きっと早足で
チャコールグレーの無地、みつかったんだ
これならって思えるのがあったんだね

縫えるのだから、好みにあわせて
仕立てればいいんだもの
コートにスーツ
ウェディングドレスまで仕立ててきた洋裁師にとっては
スカートなんて
お茶の子さいさい
などとまで簡単ではないにしても
傘寿の今は

みえづらくなってね、とくに黒いもの
裾をまつるにも針先ですくった布のうえの針目がみえない

（みえないというので目をこらすうち気づく
唐突に
「縫う」という字は
「糸が逢う」のだと
——糸が布に
——糸がボタンに

――糸が鋏に
――糸が糸に
――糸がひとに
――糸がミシンに
そして
――糸が針に
――針に）

それでね
言わなくちゃと思ってたんだけど
ミシンの糸は二本、でも
針は一本。一本よ
――え？

読んでくれたんだね「いと、はじまりの」
ミシンが出てくる新しい詩
書きあげるたび紙で渡したり携帯に送ったりしているから
何でも言ってくれるのはありがたい

とはいえ、ちょっと緊張する

ほかのことはまぁ、いいとして
うんうん
糸は上と下、二本あるけど
針は一本
いっぽん？
そう
にほん、じゃなくて？
うん
そうか、そうなのか――
ミシンは賢くて
一本の針は二本の糸を連れてくるのよ
えっと、上の糸は針の穴に通すけど
下の糸はどうなってるんだっけ？
それがねえ、どんなしくみになっているのかわからない
でもとにかく
針は一本だからね

一本の針で二本の糸を使って縫うのよね
詩のなかでは
ミシンの糸って二本、針も二本、ってあったから
わかる人なら、あれおかしいって思うでしょう
もしかしたら、これは変わったミシンで
ふつうなら一本の針、二本の糸のところ
二本の針がついているのかしらって
ふしぎに思うでしょうね
そうなの——ということは
それぞれ針に糸を通したふたりが
出逢って一緒に布を縫ってゆくのではなく
ひとりが糸をとおした一本の針で
もう一本の糸をたぐり寄せ
縫いあげてゆくのね
とするなら
母と出逢ってふたり物語を仕立てあげてゆく父は
何を手にして、どこに立てばいいのか

糸いっぽんを通した針が
さしつらぬく布と
布に隠れた穴の下ふかく設えられたうつろ
もういっぽんの糸を迎えにｓａｗｉｎｇ　ｍａｃｈｉｎｅの針は
いちぶの迷いもなく穴の奥ふかくへまっすぐ押し下げられてゆく
母の手で

ぽかんとしたまま話を畳んで出かける
ぽかんと晴れたそら
ひもときはじめた物語の続きをみうしない私は
今日踏み出す足を決めかねている

ふたつの世界を股にかけて母は

ある朝、ウサギの目をして母は

結膜下出血だよそれは、と白目の充血を指さし
ともかくも眼科へ行っておいたほうがいいから、と
付き添うわけでもなくきっぱり言い放つ私だ
八十になる母にしてみたら
いくら気丈に日常茶飯を切り回している現役主婦とはいえ
もうちょっと親身になってくれないものかと
恨めしいかもしれないけれど
そこはそれ、父亡きあと三十数年を何とか乗り切った
長女じゃなくて長男みたいと言われる子としては
会社員の顔を楯に残りの算段すべては母にゆだねてきたのだから
いまさら優しい顔もしづらいのである

白内障の手術をしなくてはなりません
できれば早く
一刻を争うというわけではないけれど
私の親なら手を引っ張って、すぐに、と促します
と近所の眼科、女医さんは決然としているらしい
片目ずつ、二度にわたって
その前に血液検査
気がつけばカレンダーに書き込まれている予定
採血の針がなかなか刺さらないと何度も突つかれてと
顔をしかめる
そのうえ
動脈硬化まで発覚したのよとしょげるのを
フェイスブックで知り合った方から紹介された
漢方の処方もしてくれるという内科婦人科の女医さんに
この際だから並行してかかってみたらどう？　とすすめる
口だけは達者なんだ私、口から生まれてきたって言われるたび
人間はたいがい頭から生まれてくるんだから口からよね、なんてうそぶいた

ためらう時間があまりないのは幸いなこともある
重い腰をあげて出向いた内科婦人科の女医さんのもとでは
採血に何の問題もなく
加えて血圧問題も動脈硬化問題もさほどの重要ごととみなされず
けれど八十の母の疑問や鬱屈はそれなりに聞き届けて答えを示してくれて
直面する白内障手術への心の揺れを少なくしてくれた
（たぶん）（どうやら）

九月になったらまもなく手術だからと八月末に髪をカット
月改まって目薬を差す
これすなわち手術の助走路
手術自体は短く簡単なもの、といっても
準備はずいぶん前から始まるんだね
つまびらかなところは何もわからぬ私を残して
母はするするとその日へ邁進
いや、どんなお気持ちですか、だなんて
訊くにきけないだけで

母のほうも改めてちょっときいてよだなんて
話す気性ではないだけで

そうこうするうち手術その一、左目からでしたか
帰宅するとは母は眼鏡の下に眼帯、遠近両用眼鏡を外して暮らすのは不自由だから
眼帯の上にかけると浮くのよね、といいながらも眼鏡
遠近感がくるってこわい
そうだよね、わからないけどわかる
痛みはないの?
頓服出されたし、電話もかかってきて訊かれたけど、だいじょうぶ
ならよかった
採血うまくいかなかったお医者さんではなくて
手術専門の人が別に来ていたよ
歯医者さんの椅子みたいな診察台に座って顔じゅう水浸し、そしてまぶしい
あっという間だよ
傷んだほうを砕いて溶かして吸い取って
あとへ人工のレンズを入れてって
やってることは凄いよね

聞いているだけでくらくらするけど
本人はけっこうけろっとした顔
ああでも、ちょっとテンションあがってるのかな

消毒とか、してくれるの?
うん、朝九時に行くから、いそがしい
近所のお医者で、ほんとよかったね

行ってらっしゃいと送り出してすぐ出かけたのだろうか
様子を想像するまもなく溺れる書類のかげで携帯がふるえ
着信。ほう、そうなんだ

——眼帯をはずしたらせいせいしたけれど、徐々に慣れてきたら、何とも落ち着かない(顔文字)
異様に明るくて。その明るさが、紫がかった蛍光色っぽいというか、これがよく聞く「世界が変わったみたい!」というの? そうだとしたら、慣れるしかないというわけね
手術した方をつむると、今まで当たり前だった日常がセピア色に見えるのよ

これどうしたらいいんだろう？　もう片方も手術したら、確かに世界が変わっちゃうのかも
それはそうとして、手術は普通と比べて、かなり大変だった由。目の状態が大分悪くなっていて
手術があれ以上遅れるともっと大変になるところだったらしい
考えてみると、あの目が赤くなったのは、無視できない赤信号だったのね――

セピアカラーの世界とＬＥＤ白色灯めいた世界
片目をつむっては開けつむってはあけ
ふたつの時間ふたつの世界に股をかけて踏みしめる足もと
手術その二を終えれば長崎・五島への旅が待っている
西の海に満ちる光は何色にみえるのか
八十歳のままあたらしいまなざしは使い慣れたデジカメをとおして
どんな空どんな雲を撮るだろう

あっ、母上、断りなくメールを詩に織り込ませてもらっちゃったけど
手術も成功したことだし、ここはお目こぼしを――

《弐》

訪ない、かれの

その年正月三日浅草の
安くて途轍もなく美味しいイタリアンのランチで
母に
ひきあわせたのは
振付のないダンスを踊りにいって出会い
月日を経て再会ちかづきになった同世代男子ユウキ
入谷の家から歩いて十五分のその店は
往年の純喫茶や商店街にとけこむ洋食店さながら
きゅうくつに感じる気遣いもなかった
会わせたい人がいると母に話したのは年末
離婚歴ある娘すなわち私の帰宅が深夜におよぶと
心配かつ不審にかられる彼女から
メールがひんぴん届いたりするからだった

心配ったってデモドリだからねと言うと
ぐっとつまりながらもなお何か言いたそうなのだ母は
モノトーンのシャツにロングスカート黒ずくめの夜歩きは闇にとけて危ないと私が
懇々と説いてようやく淡いグレーのコート
東京都のシルバーパスを駆使し始発の都バスで不忍池に蓮の花を
メトロを乗り継ぎ永代橋の夜景をと歩きまわり
撮りためた写真から選びに選んで引き延ばす
浅草はそんな彼女のルートのいちぶ
パスタかピザにサラダ、ドリンクつきのランチは美味しいのはもちろん量もたっぷり
ユウキのお腹にも十分だったろう
にこやかな母と物腰やわらかなユウキ
間でひとり冷や汗かく私
よかった早めに顔合わせができてと思ったものの
そして相応心構えはあったものの
「娘さんとは結婚を前提におつきあいさせていただいています」
と改まったことばが発せられるや
ええっとどなたのお話でしょうと茶化してしまいそうに
腰が浮く

いえまじめなのはありがたいけれど
真っこう正面きりましたね　じわり皮膚の奥から染み出すもの
ややあってだったろう
そうですかまたうちのほうにも遊びに来てください
と母にこり
していたと思うが
これはもろもろの始まり
野末の草むらをそよと微かに揺らす風のほんの兆し

ほどなく「遊びに来」たユウキの目にうつったのは
マンションの居間と勉強部屋の壁にびっちり並べた本棚と天井突っ張り式の棚
入れるものがあるからというより
隙間さえあれば突っ張って収納スペースをつくっていたというわけ私
けれどまあこの棚は外してもいいな無くても事足りるよすっきりする
狭いわりに天井高くて設置は配達業者さんまかせだった
取り外そうとおもうと女所帯で手にあまるそもそも取り外すかもしれないなんて
思いもしなかったと口ぐちに言うのを
ああやりましょうとユウキ

ソファの下から引っ張り出した脚立
私だってね昼光灯がきれて交換なんて時には使っていたのだこれを
ひろげてスッと乗りがっちり組まれた無垢材ありあわせの工具でゆるめ
棚板側板はずしてしっかとたばね
壁紙にのこる埃のシルエットをしずかにぬぐう
ありがとう
築十年超えて大規模修繕工事外壁清掃にそなえ網戸を外しておいてと管理会社
ベランダの網戸も背が高くて手に負えないけれど
隣のビルが迫る腰高窓の網戸が問題なにしろ
足場のない四階手をのばすのがこわくて拭いたことがないましてや外すなど
業者さんを探さなくてはと顔を見合わせるのを
できますよ洗うのも簡単一階でペットの足洗い場を使えるならと買ってでてくれ
いいですよと管理人さんが請けあってくれた洗い場をうまく使って
東京とはいえ二月まっくろな飛沫こびりついた汚れを濯いで
つめたいのにありがとう

そして
ずいぶん手放してきたのにまだ溢れている本の山

思いきりのわるい人間には難しい大なた
ふるう手伝いというべきか
背中をぐいいやどすんとユウキありがとう
あついねアイスクリーム買ってきた
お母さんのぶんと三つとソファで頬張り
さて始めようかと勉強部屋へ
さぁっ　あとから入ってきて
なまあたたかくぎゅっと
（いやあなに？）
声をのみ吸う息でちいさくあらがう
だかれていた腰をむろん着衣のまま
ドアは開いていて
向こうの居間には母がいるのに気取られたくないのに
頓着などなくユウキは

初対面のあと母から
興奮ぎみのメールがつづいた
デモドリの娘の新しい交際がそんなにも嬉しかったのか

あとに
むっつり黙り込む日があり
かとおもえば
ふたりでとる朝食のとちゅう言葉尻がとがって諍いになり
あんたは性格が変わってこわいとなじるなり席をたち
やむなく私は会社へ出かけ
夜ふけて帰ると部屋にこもっていて
食卓が席をたった朝のままの日もあり
いきさつをききながらも彼は来た
かたづかない部屋へ
ありがとう
そんなユウキとはじめての旅
京都で大喧嘩
泣いたり怒鳴ったり駆けだしたり黙ったりまくしたてたり
つづいて高野山四天王寺
笑い転げたりハグしあったり
気づけば
マンションの和室に無理やり置いていた

セミダブルベッド
ごろごろ独り占めしていた私の隣に
ねむる男
ユウキ
ねがえりの腕が胸に重たい
はじめて
はじめてだったその部屋に
ねむった男

重ねかさねて二年
私にはあたる母が
ユウキにはあたらなかった
えんりょがあったのだろうか
おせちもいっしょに食べた
西に引っ越したい私と
母とユウキと三人
いっしょに暮らすならどこだろうたとえばと
有楽町交通会館岡山移住フェアにふたり

うーん想像しきれないね
ならばもう少し手前
姫路は神戸はと三人旅
白鷺城も観よう物件探しの下調べもとあるきまわり
幼い母が過ごした神戸も端っこの方なら見つかるかな
いやいや難しいねえ　なかなか無いねえ

思いあぐね
ああかこうかと迷いの幅を絞りきれない気質に
きみはそれじゃあいつまでたっても決めない
決められないよとユウキ
そんなことないよと呟きながら
もろもろ迷うちからが
尽きようとしていた
ごめんねもう仕事をつづけるのも限界
マンションいらない
東京はなれてチクセキおろして
いいよね

三人あらたにどうにか
暮らしてゆくための部屋は
まだ
見つかっていないのだったが

まじなふ、ははは

あの子
あなたに気を遣いすぎて身体をこわすわよ
口にしたのだった
まるで
幼い姫の誕生を祝う席に遅れて現われた
年老いた魔女の
呪いの言葉のように
王が恐れて国じゅうの錘《つむ》を隠させたあの呪い
娘のつれてきた男すなわちユウキに
面と向かって
はは、は
夜桜見物帰りの東京メトロゆれる車内
ひとり離れて立っていた私は

あとから聞いた

お濠端の桜がそろそろ見ごろね
桜の好きな母だったか
私が口にしたのだったか
伊豆へ旅して三人
一泊二日
その帰りの踊り子号

ステンドグラスの好きな母に
こんなのあったよと渡したきり
忘れていたパンフレット
ステンドグラス美術館
伊豆高原の
車を借りれば行けるよと促すユウキに
わるいわねと言いながら
うれしそうなのだった
来られた

海のみえる高台
スペイン風の建物のなかは
色の洪水
どちらを向いてもステンドグラス
デジカメを向け何度も何度も行きつ戻りつする母
作ってみたいけど
モノがふえるばかりだしとつぶやくので
入谷の家から通えそうな講座を探しては
チラシをわたした
結局どこにも行かなかった
でも／それなら
と　この旅
まぶたの裏に浮かぶほどステンドグラスづくしの翌日は
ペンションやカフェのちりばめられた道をひた走り
体験工房へ
母が作るあいだ
広いショップをくまなく見ていればいいよねと話していたら
あなたたちの分もだすから

どれにする？　と母が
いやそれはと口ごもるのを強いて言うので
じゃあせっかくだからとユウキ
ハンダ付けなんて初めて
加熱と冷却を繰り返してかたちづくる
ふちどってつないで
といってもパーツを五つか六つ
気がゆるむとつないだ部分がぐらぐら
ふちどりが幅広になりすぎたりと格好がつかない
十センチほどのサイズでこの手間だもの
窓にはめ込まれた大きなものはどれだけ時間がかかっているのだろう
そもそも体験コースのこれは扱いやすい素材と手法で
本物とは違うのだとか
ううむと首肩腕をかたくして
彼はヨット形のオブジェ、遅れて私は短冊をタテヨコ六つつなげたコンセントカバー
むちゅうになっていた母のは魚のかたちのオブジェだったか

あらかじめセットされた

パーツを選ぶのにひと悶着
はは、は
できあがりサンプルと同じ色の組み合わせがないと顔色をかえた
どれを作るかサンプルみて決めたのに
同じのがないってどういうこと
つめよられて言葉をなくす店員さん
でもこっちのもきれいじゃない
とりなしてもだめなんだこういう時は
ぷつっぷつり　あっ
店員さん片端からセットを開封
テーブルいっぱいひろげられた赤と黄のガラス片のなかから
サンプルどおりの配色で選ばせてくれた
母の機嫌はなおったが
残りのパーツでセットが組めるのだろうか
だいじょうぶかなあ
つぶやく私に
まあなんとかなるでしょとユウキ
おみやげにベネチアングラスの手鏡買って

帰りがけ旧い温泉旅館のりっぱな建物も見学
楽しかったねと乗り込む踊り子号
運転してもらったおかげで
行きたいところにぜんぶ行けた
よかったねと私
ありがとうねと彼に
言ったのだったか
言ったのだろう
はは、は

桜の季節
そろそろ
お濠端もきれいねきっとと
やはり私だったろうか
話のタネだ
ほんとうに行くとは思わなかった
この足でついでに、と
急な花見

いいですねと彼は
行ったことがないのでと
東京駅から東西線大手町へと
少し歩く
一泊ぶんの荷物やおみやげは
ロッカーに預けたのだったか
預けられたのだったか

東西線は混みあっていた
週末
晴れて
降りる人あるく人待ち合わせの人の交わす声にアナウンス
行く道を戻ってくる人との行き交いが
ただごとではなかった
国技館を過ぎ、お濠端千鳥ヶ淵へのカーブをたどり
スマホやカメラをかざす人ひと人の間にもまれながら
前へ前へ
やがて

お濠のこちらと向こう
ほの明るむ淡い色の
樹々が

もまれながら三人
歩くのだった
シャッターをと足を止めれば
たちまち離れてしまう
見失うまいと小柄な母のかたちを探し
はぐれまいとユウキの背丈を右や左にたしかめる
行列もひとごみも苦手な彼が
流されずにゆっくり
私を
母を
探しながら

このへんで引き返そうかと
立ち止まったのだった

だれからともなく
いや
ユウキの声だったか
別の駅へ抜けるにはよほどある
引き返すほうがいいよねと
来る人ひと人の人波のわきへ抜けて
折り返した
すごいねえ
きれいというより
もまれて歩く道のりが
すごかった
行列もひとごみも苦手な彼でなくても
つかれた

夜道
ほの見える花は明るく
もまれて見ることに高ぶる
こころとからだで

駅の明るみに戻る
三人
ふたたび東西線に
乗ったのだった
離れて立ったのは
つかれていたからだったか
口争いしたのだったか
母と
いや
ユウキとだったか

だいじょうぶ
声かけたのだ
彼に
人ごみに出かけることなどほとんどないのに
ただごとではない
おしくらまんじゅうに
つかれてはいないかと

つかれているこころが
言わせた
だいじょうぶだよと
言ったのだったろうか
彼は
そのあとのことだ

あの子
あなたに気を遣いすぎて身体をこわすわよ
口にしたのだった
わるい予言のように
そうと気づきもせずに
はは、は

あの子と呼ばれた私は
錘で指を突いていのちを落とすと予言された
赤子の姫か
すべり込む呪いの言葉を洗い流そうと

夜半
ふたつの耳にシャワーをあてる

はくり、ひとの

ねぐるしい夜であったか
定かではない
いくにんものひととはげしく踊り
汗して帰った
母というひととくらす
くらしていた
家に

いさかうことがあって
ほどけば何ということもせず
泣いてただただわびるつねの習いもとじこめ
しりぞいた
となりの音と気配を

隔て

ふすまいちまい
ねむれぬねむりをねむった

それは自棄というものかもしれぬ
ことばにうつすと何かがもれおちる
うつしとられたものばかりに宿る事実はうそくさい
ねむれぬねむりがやぶれ
やはりねむっていた
きみょうにしらっとしていて
びんせんというもの
しょくたく
かきおかれた文字があって
いなかった
ひとひとり
母という
ひとが

ばっこばっこ、ははは

ばっこばっこ
ははは、ばっこ。
跋扈する母、闊歩
いっぽ、独歩、
どの
いや
そっぽをむいて
わたし。

長く暮らした東京をはなれ
戻らないと言っていた土地へ戻ったひと
はは
母という

ばっこばっこ
はは　ばっこ
その母
蠢動する
うごめくはる
わたしもはなれて一年の
東京にあらわれた
という噂

「ママとご飯食べたわよ」

ばっこばっこ
はは　ばっこ

つきひは一年を
さかのぼる

五月
しらっとして
朝
五月だった
書き置き四行のこし
いなくなった
スッと
ひとひとり
母というひと

紙の上にある文字の主の
部屋から小型キャリーと携帯と充電器が消えていた
ととのえる音だったろうか
聞こえていた
深夜
聞こえるとおもいながら眠りにおちた
ふすま一枚向こうを去っていた
ひとひとり

母という

みひらく目の先の
がらんどう
声のない

翌朝はたらきに出て
夜もどる
しらっとがらんと
閉めきった窓のうち雨の匂い
さがすねがいをだすなら要るかと
プリントアウトしたひとつき前の
旅先で機嫌よくわらった顔
よく降るな
行こうか行かなくては
いや今夜はよそう

るると鳴ったか

じじとだったか
電話
母というひとの弟すなわち叔父の声
とおい
とおいときいたのはなぜだったか
さぬき言葉だったからか
「お母さん来とるよ。明日帰るから、東京に」
「ここに来るしかないってわかっとるやろ」
なぜ
なぜわかるとおもう
ひとひとりのことを
わかるなどとなぜ
そして
書き置きのこしてなぜ明日
東京に
えっと言ったかああと言ったか
ため息は出たのだったか

メールは
帰るという日の午後
三行だったかこれも四行か
叔父すなわちそのひとの弟の
敷いたレールの上を
（ふかく息を吐きみなおすと二行
　簡略いないたってわるびれぬ口ぶりで）

ばっこばっこ
母ばっこ
八十二歳の母、跛扈
年初の小倉旅行の切符はわたしが揃えたが
ふるさとさぬきくらい
おちゃのこさいさい

「優しくしてあげてや」
と電話の叔父
なにを言えば

どう話せば
もうわからなかった
帰ってくるというひとに
むけよと言われる
笑顔がつくれないのだった

ごっこ
ごっこだったのか
ずっと仲のいい親子に
見えたろう思われたろう
思っていた
うっかり
水をむければ応えるひとを
もてなすのが習いになっていた
おんぶにだっこ
あんたにわるい
言われれば打ち消す
くりかえしだった

あとで悔いる話をよそできくので
もてなしたのだろうか
せっせと

背中合わせの気むずかしさ
いらだつと籠もって
くちをきかずにいる
かたくながひとのかたちになった
朝こじれて夜帰ると
席をたった食卓が
そのまま
冷めきって

そっぽむきたい
むいてもいいと
気づかなかった
ずっと
兄弟姉妹なく父なくなり

「仲よく」「大事に」と
言われた日から三十六年

あかるみにでてしまえばもう
つつみ隠すことは難しい
べつべつのひとひとりずつと申し立て
剝がしてきたうえでなお
うかがっていた
もっとそっと
なだらかに切り分けるナイフを
もたなかった

それでも

三人で暮らそうと
春先の旅も一緒だった
ユウキが駆けつけ
待った

しらっと
夕方だった
帰ってきた
母のくちから
別に暮らす話
ふるえる声
もの言えぬわたしに代わり
「それがいいです」と
きっぱり
彼
スープのさめない距離と
叔父叔母に言われ
うなずいて帰ったけれど
こわばった顔に
あきらめたらしかった

ばっこばっこ
はは

母というひと
来たレールをまた
ははばっこ
戻らないと言っていた
さぬきに住まいを探しに
ばっこ

ひとつ屋根の
というより
ひとつ扉のなかにはもう
居たたまれず
やっと
逃れ
ユウキのもとへ

弟や姪やいとこ総出で
助けてくれると逐一メール
あった

いい部屋があったと機嫌よくしていた
ひとへ
年来の痛手うっせきを列挙した
ながくながくながいメールを送った

ややあって返信また返信
わび言のち反論
また反論つきぬ反論
メールボックスにあふれる
母というひとの名と言葉
日に夜に決壊するかんじょうのなみ
ひたすらやりすごす
泣きながら荷物を整理していると繰り言
メールにコールの果て
その月の末、ふるさとへ
母というひと
ばっこ

かくて別居のはじまり
なれど打ち寄せつづけるメールコールのなみあらく
ついに着拒もはや着拒
怒濤くだけるみぎわをいっさんにはなれ
わたし
圏外へ

あつささむさの日月ひとめぐり
ものの噂
ばっこばっこ
ははばっこ
うごめく
母という
ひと
東京へ
（わたしのいない）
重ねて齢八十三の
ばっこばっこ

ははは
ばっこばっこ
ははばっこ
はるか
ははという
ひと
はるか
圏外へ

《参》

ものぐるひ

これはこのあたりを旅する者にてさうらふ
大学にて対面授業の始まらむ前に
Ｇｏ Ｔｏ トラベル とて
うどんのクニとや呼ばるるサヌキに
初めて足踏み入れてさうらふ
そこやかしこに
うどんの店の軒連ぬるが見ゆるによつて
いざ、そろりそろりと参らう

（潮の匂ひないたす　此処は
あのひとに初めてあり会ひし町
洋裁学校のクラスメートと通ふたる
社交ダンスの教室に

筒井筒にはあらねどとて
率《ゐ》てこられたるひと
浅黒きひたひ　きりりと眉
はたちなりしかみづからは　あのひとはひとつ上
あれあれ　かしこを行ける
あれは
ああ　あのひとなり）

なうなう　そこを行く
日に灼けたるをのこやをのこ
そなた
誰やらに似たりと思へば
いとしや　背の君にておはしまさずや
つもる話のさうらへば
まづその足を止めて給《た》べ

これ何をいたす
ちぎれるであらうがな

袖をひく
ここなたいそう老ひたる媼
そなたは誰
うどんの店に入るによつて
その手を放してよからう

（ふりきられてみれば　あさましや
誤つたり　あのひとにてさうらはず
何となう似て見えし浅黒きひたひのあたり
あのひとは
をらぬ
をらざつた
とうに）

あな恥づかし　人違《たが》へにてさうらふ
許して給べ
さるをのこに
面ざしのあまり似たればこそ

さまで似たるとや
こなたに縁ある誰やらに
これは一興　話を聴かずばなるまいが
この家のうどん一杯食して来やうほどに
しばしこれにて待たれたがよい

（あのひとにあらず
あらぬ
あのひとはをらず
いな　ありき
ありけるぞ
あの日
文を交はしたるが父に知れ
家に呼ばれたるあのひとと
包まず文をやり取りして三年あまり
二百通の半ばより少し多くしたためたるはみづから
東の町に移り

ともに暮らしてあの子がうまれ
然り　あの子
ともに暮らしたるあのひとが
あさましや
疾うみまかり
あとはあの子とふたり）

嫗を残してくぐりたるのれんの
奥にべつの嫗がござる
翁もござるが
うどんのクニでは
嫗もうどんを打つてござる
小体な店もソーシヤルデイスタンスな今日《こんに》つた
椅子ひとつおきに「×」の紙
供されたるどんぶりには湯気まとひたる
いとど太きうどん　うどん
生醬油おろし生姜きざみねぎたつぷりとかけ
ずずつとすすれどすすれず

ぐぐつとたぐり
むんぐと嚙み
なんでふコシのいと強き
おぼえず　ほおと申せば
この家の嫗と目が合ふたよ
おお　嫗　おうな
いざ　おもての嫗の語るを聴かむ

戸を引けばのれんの向こう
炭色の衣まとふて
ベンチにゆらりと腰かけたる
そこな嫗どの
いざ聞かむ
われに似たりと御身の申す
誰やらの物語

さんさうらふ
誰やらにてさうらはず

背の君　わがつま　あのひと
あのひとに少し似て見えしが
真向かふてみれば　ほほ
少しも似ぬおひとぢや
なう
お気をな損ねたまひそかし

あのひとと
暮らしたる二十二年
うれしうて　たのしうて
会社勤めせはしく
家にあらぬこと多きひとなれば
さみしうはさうらへども
あの子
ひとり子の
あの子の居れば

せはしきあのひと　つまの

いたつて健やかなるがある折
あさましや床に伏し
さうしてやうやう共に居らるる時を得てさうらふ
うれしうて憂はしうて
二とせあまり
あのひとは　ああ
はかなうなりて若きまま
うたてやこの身にばかり
年つきの降り積みたるよ

いかなこと
背の君に先立たれてさうらふや
それはいつかな耐へがたきことならむ
きけば御子のあるとなむ
せめてものこと
さぞ頼もしう思《おぼ》すらむ

あの子

あの子が
さればあの子が

ひとり子　あの子は学校を終へ働き
みづからは針とミシン
布を裁ち衣に縫ふて
やうやう暮らせり
ある日ひとりのをのこ参りて
むすめ御をふた親にまみえさせたしと申す
否むことはりとてなく
そののち
ひとり子なればとてみづからと三たりにて暮らせども
ふいに了《おは》んぬ
ふたたび
ふたり
あの子と
うどんを食べたり素麺を食べたり
こしらふるは専らみづからにて

遅くかへりくるはあの子
むすめなれど
しごとにんげん、とや
さながら背の君の代わりと
にがわらひ

なれど
あの子が

ある日あの子の
伴ひ来たるをのこは
いたう親切にてまめまめしうもてなしたれば
ありがたしと申したよ
助かると思ふた
あの子が笑ふてをつた
ともに旅をもいたせり
三たり　また三たり
ともに暮らさむとて

住処もとめて西の空
なれど
あの子が

「テレビつけたるままならば彼のひと
いたう疲るるによつて
み終へたまはば消さるるか
おのが部屋にてご覧《らう》じたまへ」

なんどと
あの子が
あの子が

　　ここな嫗どの
　　しづまりたまへ
御身の背の君の物語をば聴かむと申したるに
あの子とや

御子のこととや
うたてやな
あさましう　いとどことさめてさうらふ

あさましやな
口あらがひを責むれば
泣き泣き詫ぶる習ひのあの子が
御免ごめん許してたべと度重ぬるさまの
うるさうて　かまびすしうて
おぼへず
あなかまつと聲荒らぐるほど
執念《しうね》くて
かかるあの子が
詫び言せぬ
詫ぶることばをのみこむがごと
眼《ね》めつくる
おそろしや　怖やの

わずかなる荷をまとめむに
指のふるふよ
隣る部屋より寝息のきこえて
咳きあぐ
ねむらずに身仕度
ドア押しければ　嘆かしや開きたる

「さらば　かたじけなう　ゆるしてたべ　幸あれかし」

参る当て処《ど》とてなく
乗り換へのりかへ海を渡りてゐたりける
呼び鈴に現はるる弟みひらかるる眼
こはいづこなるや弟の家にや
宿りを乞ひ臥してうとうと
まぶた重うて朝

なれど

うからに説かれ
三日目
もどれば
もの申さぬあの子
カレと呼ばるるかの親切なりしをのこ在りて
おかあさんと呼ばれたり
まつしろなり
まつしろ
ドア押し開くる
また

おう　おう
吠えて御座あるや
おうな　嫗どの
いたはしやな　流浪のてんまつ
袖すり合ふとはまつことこのこと
少し歩みたうなりたれば
歩みあゆみ承らうよ

潮風みなはの洗ふ城とは
あれなるや
たまもてふ　波うつ石垣
港ちかき海ぎはへと歩をすすめて参らうよ

あな、恥づかしの身の上かな
おうおう　と
聲あぐるはいと易けれど
おしころし押し殺す底ひより
たぎりたちくるもののさうらひて
あの
あの子
あの子の名　を
こゑ　に
こゑ　に出ださず
聲　にせむ

えうえう

えおう　いい　いい
鳴りたる　風なりしか
耳
伸びたるままなる九十九《つくも》髪に隠るる
耳の
おうおう
えい　えおう　いい　いい
なにかに似たれど　なにやら覚束ぬものの
名のごと
したたるなりわたる
音に濡れ
びやうびやう
吹き鳴らしたるは
のどならむ　こゑ　ならむ
この身の
なにかににたれど　なにともおぼつかぬ
聲なり
あの子

あの子の名　を

チヤコと教科書型紙筆箱入れたる鞄な提げて
通ひし町なりしかど
おう　おぼへぬ
いい　見も知らぬ
おお　とほき遠きい町
うう　疎うとしき
知らぬ人ばかりの町　此処にて
見知りたる
ひと
とうにおはさぬ
あのひとの血縁
ナミコさんてふ
細うて優しき
折ふしこはき
ナミコちやん
と

語りかくれどひたと見上げをる
をさな
をさなごのころより存じたる
しるべなれば

なうなう嫗どの
ナミコどのとやらむ
むすめ御にてさうらふや
細うて優しうて
折ふしこはきとなむ

さにあらず
血縁なり　しるべなり
をさなき折より存じをれば

されば
書き込みひとつなき
暦をぞめくりける

おお
殆《ほとほ》としう果つるものを
ほとほとしう果てぬにや
みづからのきざす切つ先ふるふと思へば
電話なり
あの子のカレと申すをのこよりの
電話なり
あらあ
おぼえずはねあがる
こゑ　聲
みづからがこゑともおぼえぬ
こゑ
息災なりや相居《を》るやあの子は息災に過ごしをるや
如何でいかでとひと息に尋ね
息災なりといらへける
息災なるやいかがせしや如何でいかでいかで
ま
のありて

露の間
そくさいなり
と
あの子の　こゑ　聲
あの子なりいきてをり
あたりまへ
あたりまへなれどいきてをり
いきてをると思ふたれば
かあつとあつうなりたるよ
たらちめなりみづからはみづからはあのこのたらちめなり
あの子の生まれしより長ういなあの子をはらみしより長う
いちにちたりともかくることなう長う
みづからはたらちめなりなればこそ
たれば　たら　ただこのたらちめは

きれてけり
きれてありしやきりたるものや
電話

電話の
かかりてきたるや
部屋
ひとりの
部屋
ドアを押しあけ郵便受けに降りぬれば
うつろなり
うつろなれば
うつろなるうつしみを
ひとりの小さきちひさき部屋へはこぶ
たぎりたる
つむりのひえて
うれしき切れ端握りなほし
ナミコさんにメール
携帯の小さき画面
うれしき思ひの絵文字選りては
ナミコさああん
打つ間に

ゆくりなう
ぐうつとせきあぐるもの
如何で今何をいまさら
いかな了見にてふいに電話
くらきくろき雲
おもき
メールの文字重うこごりそめ
ナミコさあん　ナミコさあん
あの子から電話
何ごとぞ
ナミコさあん
ふくれあぐるもの小さき画面の文字ににじみて
ナミコさん
いかな了見にやあの子とや
カレとやらむ申せしひとも
きがしれぬきがしれぬいまごろでんわして寄越すきがしれぬ
と
送りたる

12 さしたる
針ふるへ
糸とほさぬ時計の
針ふるへて
朝
ナミコさんより応《いら》へ
おばさま考へすぎなり素直に喜びて良きことなるに
わらはぬをさなごのナミコさんのみつめをる

こ、こはいかに嫗どの
そこな畳まれたる
携帯の鳴りをるやらむ
嫗どの　おうなどの

みづからを呼ばはる聲も風の間に
絶えむとばかり鄙びたる
潮鳴る道の左右《さう》しらぬ
朝しらむとも背のあとを

慕ふてければ降る日々の
先かの岸へ渡るべし
さき彼の岸へわたるべし

ここな嫗どの　おうなどの
御子からならむや
鳴りやまざるは

潮風にも消ぬ携帯の着信音
ふいにたわむを
はつといたして見かへれば
炭いろの衣ふわとひるがへりて
突き出されたる枝先のごとき指より
今しなげうたれたるもののさうらひ
あと　けらけら　と申しける

あと　けらけら　と申しける

後記、そのいきさつの

十年あまり前のこと。体調をくずして十カ月ほど休み、職場復帰したあと、母を誘って小さな旅をするようになった。仕事にかまけて家をあけがちだったぶんを埋め合わせる思いもあり、水を向けると母も応じたので、年に二度か三度は出かけたろうか。

それを「詩に書いておいたら」とすすめてくれたのは、詩友の辻和人さんである。ちょうど、さとう三千魚さんがWEBMAGAJINE「浜風文庫」に誘ってくださった頃のことだ。

ながく書けずにいた私は、ふと差し出された言葉に誘われるように書きはじめた。はじめてみると、旅を入り口に、家族の来し方や日常がたちあがる。書かれる母にも戸惑いがあったようだが、「あんたに書かれるのは仕方がない」と、腹をくくった言葉も耳にした。生きてゆくことは、まことに計りがたい。ひもとく道筋で母が家を出、私自身も転居し、旅の日々はふいに終わった。そのいきさつも詩に、言葉にとおもうのは書く者の性だが、ふれるまでに一年、そこからさらに時を要した。ついに詩として実らせることの叶わなかった旅もある。

「浜風文庫」で公開していただけたおかげで、本書の《壱》は、鈴木志郎康さんにリアルタイムでご覧いただけた。書き続けることの大切さと勇気を、学生の頃からくりかえし教えていただいた。ユアンドアイの会の仲間は、いつも的確な読みとアドバイスを贈ってくれた。どれほど感謝してもしきれない。

福田のり子さんに絵と題字を引き受けていただけたことは、刊行のよろこびを大きくふくらませてくれた。七月堂の知念明子さんは、気長にあたたかく伴走してくださった。ユーモアでつつまれたメッセージに、どれほど励まされたか知れない。後藤聖子さんが、引き継いで送り出してくださることは、このうえなくありがたい。そして、迷い多いこの歩みを見守ってくれているつれあいにも、感謝を伝えたい。

母は郷里の街で、老境を生きている。

二〇二四年七月　　梅雨晴れ間に。

鷹田愛

初出、その足取りの
＊書き下ろしを除き、すべてWEBSITE「浜風文庫」日付は公開日

《壱》

ふたみ、夕暮れの　（伊勢・二見浦）　二〇一五年一月一日
河津、川べりの　（伊豆・河津町）　二〇一五年二月一日
新宮、そして伊勢の　（新宮市〜宇治山田）　二〇一五年三月二日
卯月、うらはらの　（上野）　二〇一五年四月二日
茅野、そして高遠の　（茅野駅〜高遠城址）　二〇一五年五月一日
湯葉、固ゆでの　（新宿〜上野広小路）　二〇一五年六月二日
光、長崎の　（長崎市）　二〇一五年七月六日
そうめん、極太の　（浅草・お濠端・上野・日本橋）　二〇一五年八月二日
窓、犬山の　（犬山市・明治村）　二〇一五年九月五日
海、尾道の　（尾道市・千光寺）　二〇一五年十月一日
穴子、瀬戸内の　（尾道市）　二〇一五年十一月一日

しまなみ、そして川口の　（大三島／川口市領家）　二〇一五年十二月五日
ふとん、あの家の　（川口市領家）　二〇一六年一月三日
いと、はじまりの　（川口市／香川県）　二〇一六年五月二十日
はり、まぼろしの（「いと、はじまりの」補遺）　（入谷～日暮里繊維街）　二〇一七年一月二十日
ふたつの世界を股にかけて母は　（入谷）　二〇一六年九月九日

《弐》

訪ない、かれの　（西浅草～入谷・姫路～神戸）　書き下ろし
まじなふ、ははは　（伊東～千鳥ヶ淵）　書き下ろし
はくり、ひとの　（入谷）　二〇一九年五月二日
ばっこばっこ、ははは　（東京）　二〇一九年六月二十一日

《參》

ものぐるひ　（讃岐・高松）　二〇二〇年十二月十日

略歴

神奈川県川崎市生まれ。成人までの年月の大半を埼玉県川口市で過ごす

二〇一八年、関西に居を移す

詩集

『苧環論』（書肆山田、第一回歴程新鋭賞）

『ティリ』（七月堂）

『流離縁起』（ふらんす堂）

そは、ははそはの

二〇二四年十一月十一日　発行

著　者　薦田　愛
装　幀　松浦　豪
発行者　後藤　聖子
発行所　七　月　堂
〒一五四-〇〇二一　東京都世田谷区豪徳寺一-二-七
電話　〇三-六八〇四-四七八八
FAX　〇三-六八〇四-四七八七
印　刷　タイヨー美術印刷
製　本　あいずみ製本所

Printed in Japan
ISBN 978-4-87944-570-4 C0092